KB072813

관상왕의
1번룸

관상왕의 1번 룸 5

가프 장편 소설

초판 1쇄 찍은 날 § 2015년 7월 28일
초판 1쇄 펴낸 날 § 2015년 8월 4일

지은이 § 가프
펴낸이 § 서경석

편집책임 § 한준만

펴낸곳 § 도서출판 청어람
등록번호 § 제387-1999-000006호
등록일자 § 1999. 5. 31
어람번호 § 제1-2187호

주소 § 경기도 부천시 원미구 부일로 483번길 40 서경B/D 3F (우) 420-822
전화 § 032-656-4452 팩스 § 032-656-4453
http://www.chungeoram.com
E-mail § chungeorambook@daum.net

ISBN 979-11-316-90332-8 04810
ISBN 979-11-316-90237-6 (세트)

가프 장편 소설

관상왕의 1번룰

FUSION FANTASTIC STORY

도서출판

청어
람

CONTENTS

제1장

약불피즉락(若不避則樂), 피할 수 없으면 즐긴다

"쩌엄~ 프!"

파앗!

"보올~ 트!"

휘릭!

"해앵~ 잉!"

길모는 파트너의 구령에 따라 두 팔을 뻗었다. 벽을 잡은 손에 출렁 느낌이 왔다. 행잉, 매달리기다. 매달릴 때도 요령이 있다. 반동을 자연스럽게 받아들여 흡수하는 게 그것이다.

몸이 뻣뻣하면 바로 떨어지게 되어 있다. 그러니까, 힘이 아니라 기술로 매달려야 하는 것이다.

"랜딩!"

파트너가 소리쳤다. 이제 갓 열일곱 살. 녀석은 한 마리 새처럼 부드럽게 착지를 했다. 그에 비하면 길모는 쿵 하는 소리가 났다. 길모에 의하면 이건 순전히 나이 탓이다. 신축과 탄력이 딸리니 그저 무사히 착지하는 것만 해도 땡큐인 것이다.

"힘드세요?"

파트너가 물었다. 녀석을 만난 건 얼마 되지 않았다. 공원에서 혼자 연습하는 길모를 본 건지 어느 틈엔가 슬쩍 끼어들어왔기 때문이었다. 막 피어나는 신성은 구호도 힘차다. 점프는 쩌엄, 볼트는 보올, 행잉은 해앵이다. 간결하게 끊기다 보니 뒷말이 생략되는 것처럼 들렸다.

녀석은 아직 몸이 풀리지 않았는지 길모를 놔두고 또 한 번 날았다. 런닝부터 다르다. 뛰는 게 아니라 나는 것 같다. 그 자세에서 바로 점프하더니 벽을 세 번이나 차고 목표물 위에 올라섰다.

"다음에 봐요."

그러더니 손을 흔들고 벽 너머로 사라졌다.

[으아, 죽인다.]

구경하던 장호가 엄지를 세워 보였다.

"나?"

[에이, 양심 상실?]

"얌마, 나도 저 나이 때는 펄펄 날았어."

괜스레 장호의 뒤통수를 쥐어박지만 꼭 거짓말만은 아니었다. 마치 몸에 바람이 든 것처럼 가볍던 10대 중후반. 그 세월은 누가 훔쳐갔을까?

운동을 마치고 옥탑으로 와서 더덕을 꺼냈지만 골칫덩어리였다. 껍질 까는 방법을 모르기 때문이었다. 하는 수 없이 검색의 도움을 받았다. 그렇다고 큰 위로는 되지 않았다. 하나 까는 동안에 손이 찐득찐득, 꼭 본드를 만지는 것 같았다.

"야, 네가 까라."

길모는 더덕을 슬며시 장호에게 밀었다.

[절대 안 되죠.]

"야, 나는 손님들 마케팅 좀 해야 해. 관상 책도 봐야 하고."

[얼른 까고 하세요.]

"아, 진짜 인정머리 없는 놈……."

[캔 사람 정성을 생각하세요. 아까는 껍질째라도 먹을 기세더니…….]

"오냐. 간다, 까!"

길모는 다시 더덕 봉지를 앞으로 당겼다.

까기는 깠다. 다만 살이 너무 많이 베어져 나갔다. 그래도 맛은 좋았다. 레시피에 따라 칼 손잡이 등으로 찧고 장호가 사온 고추장을 발라 구우니 풍미가 가득했던 것이다.

[뒷맛이 죽이는데요?]

"야, 너 천천히 안 먹어?"

[그럼 형도 빨리 먹든가.]

장호가 그중 큰 걸 집어 들었다. 그걸 그냥 두고 볼 길모가 아니었다. 냅다 젓가락 낚시질로 가로채는데 전화기가 울렸다.

[형, 전화!]

잠시 주춤하는 사이에 더덕은 장호 입으로 골인했다.

"여보세요?"

길모가 전화를 받자 천 회장의 목소리가 흘러나왔다.

"회장님!"

─잘 계셨나?

"예, 덕분에요. 건강은 어떠십니까?"

─좋지. 홍 부장 덕분에 더 팔팔해진 것 같다네. 그러니 매상 좀 올리러 가야겠지?

"예약하시게요?"

─귀한 홍 부장, 시간 좀 잡아주시겠나?

"귀하긴요. 회장님이 오신다면 언제든 룸을 비워놓겠습니다."

─그럼 오늘 내일은 내가 좀 분주하니까 글피로 해주시게. 그런데 말이야…….

천 회장은 살짝 뜸을 들였다가 말을 이었다.

─관상 예약은 좀 안 되겠나?

"동행이 있으십니까?"

─뭐 동행이라면 동행이고…….

"오시면 봐드리겠습니다."

─아니, 그 양반은 술을 잘 안 드시니 술집은 좀 그렇고… 출장 관상 좀 안 되겠나?

"출장이라고요?"

─뭐 복채는 쏠쏠히 줄 테니 복채보다 내 얼굴을 좀 봐서…….

"복채를 많이 주실 거면 굳이 저한테 보지 않으셔도……."

─그게 좀 그럴 사연이 있다네. 여기저기 찾아다니기도 곤란하고…….

"그럼 모 대인님은?"

─그 양반은 이미 현장에서 떠난 양반이 아닌가?

"회장님이 그러시다면……."

길모는 기꺼이 승낙을 했다. 이미 에뜨왈 출장 심사도 했던 차, 더구나 천 회장의 추천이니 거절하기도 어려웠다.

─이 양반이 쇠뿔이 달기도 전에 빼는 양반이니 내가 전화번호를 하나 찍어줄 테니 연락해 보시게. 아마 지금 당장 오라고 할지도 모르겠네.

"아, 네……."

─좀 황당할지도 모르겠네만 홍 부장이라면 이해하시겠지. 잘 부탁하네!

천 회장은 그 말을 끝으로 전화를 끊었다.

'황당할지도 모른다고?'

뭘까?

길모를 콕 찍어 출장 관상을 부탁한 천 회장. 갑자기 호기심이 땡기기 시작했다.

*　　　*　　　*

끼아악!

얼마 후에 장호의 오토바이가 장충동의 주택가에 멈췄다. 겉에서 봐도 웅장한 저택이었다.

"들어오세요."

가정부로 보이는 아줌마가 나와서 길모를 맞아주었다.

"들어갈래?"

길모가 장호를 돌아보았다.

[아뇨. 난 여기가 좋아요.]

장호는 오토바이 안장 위에 익숙하게 올라앉았다.

"그럼 검색이나 좀 하고 있어라."

여기서 말하는 검색은 정태수 건이었다. 아직 그의 스케줄을 파악하지 못한 길모였다. 그는 유명한 정치인이니 혹시나 뉴스 같은 데 뜰까 바라는 것이다.

"홍 부장?"

대문을 들어서자 곧은 인상의 노인이 길모를 맞이했다. 70세쯤 되었을까? 나이보다는 한참 젊어 보이는 얼굴이었다.

거실로 들어간 길모는 소파에 앉았다. 가정부가 차를 내오더니 길모와 노인 앞에 차례로 내려놓았다.

"드시게!"

노인의 이름은 황태구. 천 회장과는 나름 막역한 사이였다.

"천 회장에게 얘기 많이 들었네."

"예……."

"어린 나이에 관상의 도를 깨우쳤다고?"

"그건 천 회장님이 저를 좋게 봐주신 덕분입니다."

"무슨 소리인가? 천 회장의 목숨을 살릴 정도라고 하던데."

이번에는 그냥 미소로 대답했다. 딱히 부정할 일도 아니었기 때문이었다.

"강진댁!"

차를 한 모금 넘긴 황태구가 가정부를 불렀다. 가정부는 작은 상자를 들고 다가왔다. 황태구가 받아서 열자 5만 원 신권 뭉치가 두 개 나왔다. 천만 원이었다.

"우선 받으시게!"

황태구는 그 돈을 아래에 놓인 봉투에 담아 내밀었다. 돈부터 확인시키는 성격이니 맺고 끊음이 확실한 성격 같았다. 잠시 생각하던 길모는 일단 복채를 챙겼다.

"그럼 이제 시작하실까?"

황태구가 은은한 미소를 머금은 채 길모를 바라보았다. 그의 인상은 학상이었다. 늙긴 했지만 고고함이 얼굴 곳곳에 깃들어 보였다.

그런데!

그뿐이었다. 시작하자고 해놓고는 말을 하지 않는 황태구. 길모는 선웃음을 흘렸다. 그 역시 길모를 실험하고 있는 것이 분명했다.

돈은 받았다.

더구나 천 회장의 지인.

돈값을 제대로 해야 하는 자리였다.

"……?"

얼굴을 짚어내려 오던 길모, 처음부터 목에 덜컥 갈비가 걸리는 느낌이 들었다.

'뭐야?'

놀란 가슴을 달래며 다시 한 번 관상을 읽어내는 길모. 미간을 찡그리며 세 번째 짚어보지만 황태구의 관상에 쓰인 태상(胎相)은 더 또렷해질 뿐이었다.

태상!

말 그대로 아이를 얻을 상이었다. 그것도 득남을!

'맙소사!'

천 회장을 통해 길모를 부를 만한 일이었다.

"나왔나?"

"……"

"말씀하시게."

황태구는 여전히 온화한 웃음을 잃지 않았다.

후우!

날숨을 소리 없이 쉰 길모…….

'하는 수 없지. 나온 대로 말하는 수밖에!'

마음을 정한 길모의 입이 천천히 열렸다.

"득남을 하실 상입니다."

"……?"

"……."

"하하핫!"

잠시 침묵하던 황태구가 배꼽을 잡고 웃었다. 그러더니 아예 눈물을 찔끔거리며 뒹군다. 길모는 정좌를 한 채 황태구를 주목했다.

"강진댁, 나 물 좀……."

황태구가 소리치자 가정부가 바로 물을 가져왔다. 황태구는 목이 터져라 물을 마셨다.

"홍 부장이라고 했나?"

"예……."

"듣던 대로 귀신이구만, 귀신이야!"

"……."

"딱 맞았네. 누가 들으면 주책없다고 하겠지만 내가 아들 좀 가져 보려고!"

황태구는 입에 손을 대며 나지막이 속삭였다.

'그럼 새장가를 들겠다는 건가?

그렇다면 궁합 관상!

길모의 예측이 맞는 걸까? 황태구는 두 장의 사진을 내놓았다.

"……!"

여기서 또 한 번 자지러지는 길모. 눈을 의심해 보지만 사진 속의 여자들은 꽃다운 20대들이었다.

'헐!'

"내가 도둑놈이지?"

"……."

길모는 대답하지 않았다. 퇴폐적인 룸싸롱에 가면 노인과 20대 아가씨의 동침은 심심찮게 일어나는 일이다. 다만 노인은 배팅을 조금 더 해야 할 뿐. 더구나 사진까지 나온 걸 보면 길모가 의견을 낼 일은 아닌 것 같았다.

"모상길을 아나?"

그 순간, 황태구의 입에서 뜻밖의 이름이 나왔다.

"모 대인님요?"

"아는군."

"……."

"그 친구가 전성기에 이걸 해내더군."

황태구의 눈빛이 길모를 겨눠왔다. 관록이 곳곳에 묻어 있는 황태구. 그는 담담한 목소리를 쏟아냈다.

"처녀 구분, 그리고……."

"……."

"득남할 여자!"

너도 할 수 있지?

황태구의 눈은 그렇게 말하고 있었다.

"여자들은 2층에 있네. 서로 합의가 되었으니 홍 부장은 골라만 주면 되네. 강진댁!"

서론은 끝났다. 강진댁을 부름으로써 길모는 본론을 진행해야 하는 처지에 놓이게 되었다. 말로만 듣던 대리모의 현장에 떨어진 것이다.

대리모!

아주 생소한 건 아니었다. 돈은 많으나 자식 복이 없는 손님들 중에서 그런 말을 꺼내는 사람들이 있었다. 실제로 몇몇은 알음알음 소개를 받아서 성사를 하기도 하는 세상이었다. 다만 이 경우에는 갑과 을이 너무 극과 극이다.

허얼!

확실히 돈이 좋긴 좋은 세상이었다.

길모가 돌아보자 황태구는 손짓으로 길모를 재촉했다. 어여, 올라가. 황태구의 빈손이 길모를 2층으로 밀어 올렸다.

"여기예요!"

안내자로 앞서 걷던 가정부가 문을 가리켰다. 그녀는 길모에 앞서 문을 열었다.

"……!"

거기서 길모는 또 한 번 소스라치고 말았다. 30여 평 가까운 기다란 방, 그 끝에 선 아가씨는 실오라기 하나 걸치지 않은 나체였다. 갓 23살쯤 되었을까? 머리가 긴 여자는 길모가 들어서자 손으로 가슴과 터럭을 가렸다.

"옷은 왜?"

길모가 가정부에게 물었다.

"제대로 보시라고……."

"옷을 가져다주세요."

"그럼 어르신께 여쭤보고……."

"관상은 제가 보는 겁니다. 벗기더라도 제가 하고요."

길모는 담담하지만 힘 있게 말했다. 잠시 주춤하던 가정부는 여자에게 옷을 건네주었다. 고개를 돌려보니 다른 여자는 보이지 않았다. 아마 시간 차를 두고 데려올 모양이었다.

"앉으세요."

길모는 창가에 놓인 테이블 소파를 가리켰다. 길모와 여자가 마주앉자 가정부는 저쪽 끝의 간이 의자에 앉았다. 눈치로 보아 끝까지 지켜볼 기세였다.

"얼굴을 반듯이 들어주시겠어요?"

길모가 여자에게 첫마디를 던졌다. 동시에 낮은 소리로 물었다.

"핸드폰 있어요?"

"네!"

여자도 낮은 소리로 대답했다.

"번호 말하세요."

"공일공 이이……."

"무음으로 하세요."

그사이에 길모도 핸드폰을 꺼내 가랑이 사이에 두었다. 이쯤 하면 저만치 떨어진 가정부에게는 보이지 않을 터. 이유가 있었다. 관상에 앞서 알아야 할 게 있기 때문이었다.

―대리모 지원한 거 맞나요?

길모가 첫 문자를 눌렀다.

―네.

여자가 답해왔다.

—자의로 온 거고요?

이번에는 답해오지 않았다.

—자의로 오신 거 아닌가요?

한 번 더 확인하는 길모.

—자의예요.

문자는 한발 늦게 들어왔다. 그녀의 얼굴에 수치심 같은 게 묻어 있다. 필경 길모의 나이 탓이다. 차라리 길모가 노인이라면 이런 경우에는 좀 나을 것 같았다.

—강제로 온 거면 말씀하세요. 도와드릴 수도 있어요.

길모가 물었다. 물론, 황태구를 의심하는 건 아니었다. 하지만 세상일이란 알 수 없는 일.

—제가 원해서 왔어요.

—확실하죠?

—네. 아저씨가 시험관인가요?

이번에는 여자가 물어왔다.

—시험관은 아니지만 비슷하긴 하네요.

—그럼 잘 부탁해요. 저는 돈이 필요하거든요.

잘 부탁해요!

그 문자를 끝으로 길모는 비로소 고개를 빳빳이 들었다. 이미 성년인 그녀. 잘 부탁한다는 말까지 나왔다. 그렇다면 대리모가 좋니 나쁘니 하는 건 길모가 설파할 영역이 아니었다.

"고개를 오른쪽으로!"

길모는 본격 관상에 나섰다.

세상에는 수많은 사람이 있다. 그들 중에는 이런 별종도 있는 모양이다. 그렇게 수요와 공급이 맞았다. 기꺼운 상황은 아니지만 길모는 약불피즉락(若不避則樂), 즉 피할 수 없으니 즐길 요량이었다.

어떻게?

기왕이면 약자에게 유리한 방향으로.

"왼쪽!"

여자는 얌전하게 지시에 따랐다. 여자의 머리를 올려 귀를 확인한 길모는 마지막 과정으로 들어갔다.

"일어서세요."

여자가 일어섰다.

"이제 옷을 벗어주세요. 아, 속옷은 입고 있어도 됩니다."

"……."

"돌아서 있어 줄까요?"

"아뇨. 벗을게요."

여자는 파르르 떨리는 볼을 진정시키며 지퍼를 내렸다. 길모의 눈은 제일 먼저 가슴팍으로 향했다. 그런 다음, 브래지어 밑을 주시했다.

"발바닥을 보여 보세요."

"발도요?"

"잠깐이면 됩니다."

길모가 말하자 여자는 발을 들어 보였다.

"마지막으로 손목입니다."

"여기요."

여자는 얌전히 손목을 내밀었다.

"끝났습니다. 입으시면 됩니다."

손목까지 확인한 길모가 말했다. 가정부는 기다렸다는 듯 여자를 데리고 나갔다. 그리고 5분쯤 후에 또 다른 여자를 데리고 들어섰다. 이번 여자는 단발머리였다.

"앉으세요."

일단 단발머리를 앞에 앉히는 길모. 나머지 과정은 조금 전의 여자와 같았다. 우선적으로 가정부 몰래 문자를 나눠 자의인지 타의인지를 확인했다. 단발머리 역시 기꺼운 표정은 아니었지만 적어도 강제로 끌려온 건 아닌 것 같았다.

단발머리까지 본 길모는 두 여자의 마음을 간파했다. 앞선 여자는 부모님을 위해 왔다. 그녀의 일각과 월각에 쓰여 있었다. 반면, 단발머리는 그녀 자신을 위해 왔다. 그녀의 천이궁이 반짝 빛을 발하고 있었다. 그 빛이 멀고 깊으니 외국 유학을 꿈꾸는지도 몰랐다.

"이제 옷을 벗으세요."

나머지 수순도 조금 전의 여자와 같았다. 다른 점은 앞선 여자는 돌아서서 벗었고 단발머리는 그대로 벗었다는 게 구분될 뿐.

길모는 단발머리에게서도 가슴 위와 아래, 그리고 배꼽 주위를 유심히 살폈다. 이어 발바닥과 손목을 보는 것으로 관상은 끝이 났다.

가정부가 단발머리를 챙기는 사이에 길모는 계단을 내려왔다.

"끝나셨나?"

창가에 선 황태구가 물었다.

"예……."

"누가 적임자던가?"

"처녀를 찾으신다면 둘 다 처녀가 맞습니다."

길모는 핵심부터 까보였다. 둘 다 광대뼈 부근이 갓 피어난 복사꽃처럼 맑고 정갈했다. 처녀라는 반증이었다.

"아들은?"

"득남을 원하신다면 둘 다 가능합니다."

"달리 할 말이 있으신 게로군."

"어떤 아이를 원하시는 지 말하지 않았습니다."

길모, 이번에도 정곡을 찌르고 들어갔다.

"허헛, 역시 득도의 관상대가는 다르군."

"……."

"그래, 그것까지 맞춰줄 수 있으시다?"

"맞춰드리되 부탁이 있습니다."

"말씀하시게나."

"천운이 말하기를 선행(善行)을 선행(先行)하라 하고 있습니다."

"하늘의 뜻을 거스르는 일이니 덕을 쌓으라?"

"우선 오늘 선택받지 못하는 여자에게도 도움을 주시면……."

"관상값을 추가하자?"

"그렇습니다."

길모는 주저 없이 대답했다. 길모가 본 바, 두 여자는 목돈이 필요했다. 그것 때문에 돈 많은 늙은이 앞에서 옷을 벗었다. 아니, 그걸 검증하는 젊은 시험관 앞에서도 옷을 벗었다. 그러니…….

"그리고?"

"일단은 그렇게 액운을 막아두시면 될 듯합니다."

"수락하겠네!"

황태구가 한마디로 대답했다. 이제 길모가 답할 차례였다.

"어떤 아이를 원하십니까?"

"리더십이 강한 아이를 원하네. 내 평생 신중하게 사느라 웅지를 펴지 못했거든. 적합한 아이가 있었나?"

"다른 것은 없습니까?"

"당연히 성격 좋고 건강해야겠지. 거기에 행운까지 따르면 두말할 것도 없고… 그런데… 그것까지 가능하겠나?"

"가능합니다."

"……?"

"단발머리 여자를 택하시면 될 것 같습니다."

"단발머리? 이유는?"

"두 사람 다 큰 대과는 없이 자랐습니다. 심성 또한 모난 곳이 없으니 크게 다르지 않지요. 처음 관상만 보았을 때는 긴 머리 여자가 조금 더 청수해 보였지만 치명적인 곳에 점이 있었습니다."

"점이라고?"

"오른쪽 어깨 부위와 손바닥 중앙에 점이 있으니 심상이 겹쟁이요 건강이 썩 좋지 못할 것입니다. 나아가 가슴 아래와 뒷목에도 점이 있어 불륜이나 부정에 연루거나 남에게 이용당할 소지가 있으니… 자식이란 부모를 닮는 것. 경계함이 좋습니다."

"그럼 단발머리 아이는?"

"그 친구는 배꼽에 점이 있으니 건강하고 손목 안쪽에 점이 있어 리더십을 타고 났습니다. 나아가 발바닥 중앙 쪽에도 점이 있어 행운을 부르니 어르신의 바람에 부응할 것으로 봅니다."

"오!"

"제가 드릴 말씀은 여기까지입니다."

"대단하군. 대단해!"

"그럼 저는 이만……."

"이보시게. 혹시 말일세……."

길모가 가려고 하자 황태구는 조바심을 내며 말꼬리를 붙였다.

"합방 날짜도 알 수 있겠나?"

"오늘부터 6일간입니다."

"어이쿠, 이런. 요즘 내 몸에 겨우 피가 돌더니 그것까지 맞추시는군."

"그럼······."

"그러시게. 내 다음에라도 초대하면 또 와주시겠나?"

"시간이 허락되면 언제라도······."

길모는 꾸벅 인사를 남기고 돌아섰다. 황태구의 시선은 오래도록 길모를 따라왔다. 그는 꽤나 흡족한 눈빛이었다.

[끝났어요?]

밖으로 나오자 안장 위에서 책을 보던 장호가 뛰어내렸다.

"검색하랬더니 농땡이냐?"

[에이, 그럴 리가요? 찾아냈으니까 노는 거죠.]

"찾았다고?"

길모의 귀가 쫑긋 세워졌다.

[모레 비정규직 철야농성에 참여한대요. 여기 보세요.]

장호가 검색창을 내밀었다. 그건 정태수 의원의 지구당 홈페이지였다.

정 의원님 철야농성 참석에 동행할 당원 모집.

홈페이지에서 팝업창이 반짝거렸다. 바로 길모가 찾던 그 정보였다.

모레!

길모는 마침내 교집합을 찾아내고 말았다.

'결국 털라는 건가?'

1번 룸을 다녀간 후에 어떤 액션의 흔적도 없는 정태수였다. 그렇다면 역시 본보기를 보이는 수밖에 없었다.

[우와, 거금 천만 원?]

길모가 가까운 무인은행점포에서 헤르프메에 입금을 하자 장호가 혀를 내둘렀다.

"놀라긴. 수십억도 본 놈이……."

[관상 본 거예요?]

"그래."

[천 회장님 친구분요?]

"아니, 새파란 아가씨들 둘. 그것도 완전 나체!"

[에? 진짜요?]

"그럼 진짜지 너한테 거짓말할까?"

[으악, 그럼 나도 부르지 그랬어요. 꼭 필요한 조수라고…….]

"너는 카날리아에서 여자들 지긋지긋하게 보면서 그게 또 보고 싶냐?"

[쳇, 걔들하고 같나요?]

"안 같으면?"

[알았어요. 그래서 대체 뭘 봤는데요?]

"궁합 봐줬다. 누가누가 잘 맞나… 어쨌든 기분은 꿀꿀하니까 더 얘기하지 말자."

길모는 하늘을 보았다. 어느새 기울기 시작하는 하루. 오늘따라 날씨마저 구려 보였다. 오토바이의 시동을 걸 때 멀리 황태구의 대문에서 긴 머리 여자가 나왔다.

그녀의 표정은 생각보다 밝아보였다. 가방이 두둑한 걸 보니 황태구가 길모와의 약속을 지킨 모양이었다. 길모가 원한 대로 된 셈이었다. 최악에서 차상을 이끌어낸 것.

우선 이 긴 머리 여자.

이 여자는 부모님을 위해 돈이 필요했다. 그렇게 엄청난 거액의 돈은 아니었다. 문제는 이 여자가 만혼을 해야 행복한 상이란 거다. 그러니 지금 황태구와 합방해 출산을 하게 되면 삶에 부작용이 있을 수 있었다. 그러니 황태구의 손을 벗어나면서 돈도 챙겼으니 길모가 그녀를 살린 셈.

두 번째 단발머리.

이 여자는 가슴 위의 점이 또렷하고 생생했다. 자식 복이 있는 여자라는 뜻. 그런데 와잠을 짚어보니 평생 딱 하나만 낳을 상. 더구나 내년이었다.

이건 무슨 뜻일까? 황태구와 합방을 해서 아이를 낳을 운명이라는 것이다. 나아가 자식복을 타고 났으니 황태구의 아이를 낳더라도 결국 그 아이의 덕을 보게 된다.

왜냐고?

아주 간단하다. 아이가 자랐을 때쯤이면 황태구는 이미 저 하늘에서 무질량으로 팔랑거리고 있을 것이다. 아이에게 상속된 재산은 결국 단발머리의 것이나 마찬가지. 그건 그녀의 중년운이 확 트이는 것과도 연결되는 일이었다.

아무튼, 세상은 요지경 속이다.

"가자!"

길모는 가벼운 마음으로 오토바이에 올라탔다. 길모는 찜찜함을 즐거운 상상으로 바꾸었다. 오늘 입금한 천만 원은 또 누구의 인생에 꽃을 피워줄까? 그걸 생각하니 기분이 조금 좋아지기 시작했다.

'점⋯⋯.'

바람을 가르며 길모는 생각했다.

관상에 있어 점을 말할 때 얼굴에 있는 점은 이로운 게 거의 없고 몸에 있는 점은 해로운 게 거의 없다고 한다. 바로 면무호점(面無好點) 신무악점(身無惡點)이 그것이다.

점은 눈썹 속, 입술 등을 제외하고는 눈에 잘 보이는 곳에 있으면 좋게 보지 않는 까닭이다. 물론 예외는 있다. 그렇기에 길모가 여자들의 가슴 위와 아래를 확인한 것이다. 가슴 아래쪽의 점은 불륜이나 부정을 뜻하기 때문이었다.

몸의 점 중에서 가장 재미난 건 엉덩이가 마주치는 부분이다. 꼬리뼈 부근에 점이 있다면 기뻐하라. 팔방미인이라는 의미다. 확인하기가 좀 생뚱맞은 곳이긴 하지만⋯⋯.

디로롱당동!

만복약국이 가까울 무렵, 전화가 한 통 들어왔다.

"윤표, 웬일이냐?"

─형, 큰일났어요.

그 한마디를 들은 길모는 바로 방향을 틀었다.

[경찰서요?]

속도를 높이며 장호가 물었다.

"그래. 확 땡겨라."

전화는 윤표의 사고 소식이었다. 퀵서비스를 가다가 사고를 낸 모양이었다. 더구나 사고 대상자가 하필이면 어린아이였다.

[윤표야!]

경비교통과로 뛰어든 장호가 바삐 수화를 그렸다. 길모는 그 뒤를 따라 들어섰다.

"형, 장호야!"

윤표는 사촌 동생 성표와 함께 있었다. 둘이 한 오토바이를 탄 모양이었다.

"어떻게 된 거야?"

길모가 물었다.

"죄송해요. 급 퀵이 들어와서 쏘고 있었는데 꼬마 애가 갑자기 튀어나와서……."

윤표가 울상을 지었다.

"뭐야? 애가 튀어나오다니? 아직도 폭주가 잘했다는 거야?"

옆에 있던 중년 남자가 핏대를 올렸다. 보아하니 피해자 아이의 보호자인 모양이었다.

"죄송합니다. 제가 이 녀석 형되는 사람입니다."

길모는 우선 자세부터 낮췄다.

"죄송이면 다야? 아무튼 난 합의 같은 거 안 해. 이런 폭주족 놈들은 전부 콩밥을 먹여야 한다고!"

보호자는 악에 받쳐 있었다. 금쪽같은 아이가 다쳤으니 그럴 만도 했다.

"진짜 합의 안 할 겁니까?"

조사계 경찰이 보호자를 바라보았다.

"절대 안 합니다. 내가 저런 폭주족 놈들이라면 이를 갈아요."

"폭주족이 아니라 퀵서비스입니다. 일 때문에⋯⋯."

"닥쳐. 이거 이제 보니 형이라는 놈도 다 똑같은 놈 아니야? 목격자들 말이 오토바이가 방방 날았다는데 뭔 헛소리야?"

길모가 나서자 보호자는 더 길길이 날뛰었다.

[형, 어쩌죠?]

장호가 길모를 보며 수화를 그렸다.

'후우!'

한숨만 나왔다. 아이는 그렇게 많이 다치지 않았다. 따라서 합의만 보면 큰 문제가 될 일이 아니었다. 돈이라면 길모도 이제 수천만 원 정도는 융통할 수 있는 능력이 있다. 그런데 상대가 저렇게 나오자 뾰족한 수가 없는 것이다.

[그분한테 부탁하면 안 될까요?]

장호의 수화가 이어졌다.

"누구?"

[노 변호사님이요.]

노은철!

길모의 머리에 불이 번쩍 들어왔다. 엄청난 사고는 아니지만 윤표가 연루된 일. 어떻게든 빨리 처리하고 싶은 마음에 은철에게 연락을 하고 말았다.

그런데!

이게 웬일일까? 은철이 들어서자 대반전이 일어나고 말았다.

"노 변호사님!"

보호자가 먼저 은철을 알아보고 벌떡 일어선 것이다.

"어, 강기영 씨 아니세요?"

은철도 보호자를 알아보았다. 길모와 장호는 새된 얼굴로 둘을 지켜보았다.

"여기 웬일이세요?"

"아, 네… 저희 후원자이자 친구 동생이 오토바이 사고를 냈다고 해서……."

"예? 그럼 이 친구들이?"

보호자의 시선이 윤표에서 길모까지 이어졌다.

"그럼 피해자가 강기영 씨세요?"

"아이고, 일이 이렇게 되나요?"

피해자의 눈빛이 단숨에 누그러졌다. 알고 보니 그는 헤르프메에서 큰 도움을 받은 사람. 오토바이 뺑소니 사고로 다리를 절단하는 바람에 생계가 어려웠지만 재단에서 최첨단 인공의족을 마련해 주어 새롭게 출발한 사람이었다.

"여기서 소개하기는 그렇지만 그 지원금도 실은 이 친구가……."

은철이 길모를 가리켰다.

"어유, 세상에… 난 그것도 모르고……."

보호자는 얼른 길모의 손을 잡았다.

"아무튼 죄송합니다. 그러니 제발 합의를……."

길모는 거듭 고개를 숙였다.

"합의라뇨. 무슨 말씀이세요. 나한테 새 삶을 주신 분인데 우리 아들 다리야 2~3주면 붙는다니까 그냥 가세요. 제가 은인을 몰라 뵙고 죽을죄를 졌습니다."

상황 대역전.

이제는 오히려 보호자가 길모에게 굽실거리고 있었다.

"아닙니다. 그건 그거고 사고는 사고지요. 그러니 합의를……."

"그럼 백만 원만 주세요. 아니, CT하고 MRI 찍은 돈 칠십만 원이면 됩니다."

"죄송합니다만 이런 경우에 보통 얼마에 합의를 보나요?"

길모가 담당 경찰을 바라보았다.

"합의에 경찰이 관여하면 안 되는데요?"

경찰이 웃으며 말했다.

"부탁합니다."

"사람마다 다른데 3주 진단이니까 보통 삼백에서 오백 정도 됩니다."

길모는 장호를 시켜 오백만 원을 찾아오게 했다. 그리고 그대로 보호자에게 건네주었다. 두 손으로 공손히. 보호자는 몇 번 사양했지만 결국 받아 넣고 말았다.

"어이쿠, 이거 나는 쓸모도 없구만."

그렇게 합의가 이루어지자 은철이 어깨를 으쓱거렸다.

"바쁠 텐데 달려와 줘서 고마워."

길모가 고마움을 전했다. 은철은 보호자를 데려다주기로 하고 차에 싣고 멀어졌다.

"형, 미안해요. 그리고 고마워요."

윤표가 고개를 숙였다.

"얌마, 괜찮아. 다친 데는 없냐?"

"어깨가 좀 뻐근하긴 하지만 별거 아니에요."

"성표 너는?"

"저도……."

"어휴, 짜식들. 그러니까 늘 조심해야지."

길모는 윤표와 성표의 머리카락을 마구 문질러 주었다. 지는 해가 사연 많은 하루 위에 붉은 물을 들이고 있었다.

제2장

절대 심판자

카날리아가 술렁거리고 있었다.

강 부장은 그의 아성인 11번 룸.

이 부장 역시 그의 메인 룸인 7번 룸에 팀원을 소집했다.

매상 때문이었다.

길모를 포함한 네 박스는 전월에 비해 30% 가까운 매상 상승을 기록했다. 불황 속에서도 현저한 선전을 기록한 셈.

하지만 강 부장과 이 부장의 입장은 달랐다. 길모 때문이었다. 다 져도 그에게만은 지고 싶지 않았다. 강 부장은 에이스 안지영과 써니에게 딜을 했다. 오늘을 포함해서 남은 3일 동안 지명을 총력 초빙하라는 특명을 내렸다. 물론 특별 보너스를 약속했다.

이 부장 역시 다르지 않았다. 잠시 소원해진 창해를 달래며 아란을 부추겼다. 이름하여 3대 천황으로 불리는 그들이었다. 그건 괜한 타이틀이 아니었다.

3대 천황이기에 그들은, 마음만 먹으면 어디든 좋은 대우로 옮겨갈 수가 있었다. 강남과 여의도, 청담동과 일산, 대구 등등 골드 지역도 문제가 없었다. 대한민국 유흥가에서는 그들 이름 석 자면 어디서든 통하는 까닭이었다.

거기에 비하면 길모는 아직 지엽적이었다. 카날리아 안에서는 주가를 높이고 있지만 전국적으로는 무명에 불과했다.

그런데 강 부장과 이 부장이 레이스에서 밀린다면? 그건 그들에게 치명적인 내상이 될 수도 있었다. 더구나 방 사장인 공인한 레이스가 아닌가?

이 부장은 길모도 이용했다. 그의 오랜 단골인 졸부들을 불러 길모를 초빙(?)했다. 맛보기 관상을 봐주면서 분위기를 띄워달라는 것. 길모는 기꺼이 응해주었다. 그건 서 부장의 명언 때문이었다.

카날리아가 사는 법!

그건 바로 네 부장이 다 잘되어야 했다. 길모 혼자 독야청청해지는 건 큰 의미가 없었다. 파이가 늘어나지 않는 것이다.

다만 이때의 관상은 단순한 애경사나 가족관계 등의 호기심 정도로 끊었다. 1번 룸이 아닌 이상 공연히 에너지를 낭비할 필요가 없었다.

"오늘은 대박 나겠다."

복도에서 길모가 창해를 보며 말했다.

"어머, 정말요?"

"그래. 재산궁에 홍조가 가득하잖냐?"

"어머어머, 그럼 안 사장님이 내 선물 사올 모양이네?"

"그런데 내일부터는 너무 무리하지 마라."

"예?"

반색하던 창해가 바로 인상을 구겼다.

"웃어. 웃어야 복이 온다잖냐?"

길모는 그 말을 남기고 그녀를 지나쳤다.

길모의 관상은 곧 이루어졌다. 그녀가 콜한 안 사장. 금 수입업자인 그가 창해의 환심을 사기 위해 20돈짜리 금두꺼비를 선물한 것이다.

"봤어?"

안 사장이 간 후에 창해는 금두꺼비를 동네방네 과시했다. 일부 아가씨들이 부러운 눈빛을 보냈지만 민선이나 써니 등의 눈빛에는 냉소가 가득했다. 그녀의 옷차림과 화장이 흩어져 있었기 때문이었다.

금두꺼비를 받아 든 대신 피아노 연주도 허용한 모양이었다.

[애들 경쟁심 소름 돋네요.]

손님이 나간 1빈 룸에서 장호가 재떨이를 비우며 수화를 그려댔다.

"언제는 안 그랬냐?"

[참, 오늘이 그날 아니에요?]

장호가 파뜩 고개를 들었다.

그날!

그날이 맞았다. 오늘은 길모가 출격하는 날이었다.

"맞아!"

그런데도 길모는 태연하다. 마치 테라스에 커피 한 잔을 하러 가는 듯이.

"뉴스나 좀 확인해 봐라."

길모가 말하자 장호가 바로 검색을 했다. 손가락이 날렵하게 화면을 터치하자 정태수 관련 뉴스가 떠올랐다.

[어제 전직 대통령 두 명을 만났다는 뉴스가 있어요.]

"다른 건?"

[없는데요?]

"홈페이지 좀 확인해 봐라."

지시를 받은 장호의 손가락이 소리 없이 움직였다.

[철야농성에 간다고 띄웠던 팝업 창은 사라졌어요.]

"그럼 철야농성 띄워봐."

[어, 여기 있긴 한데…….]

장호가 보여준 동영상에 정태수가 보였다. 그는 정치인들이 노조원들을 방문하는 화면에 나왔다. 그러나 혼자가 아니었기에, 크게 부각되지 않았다.

[윤표 붙여놓는 게 좋지 않겠어요?]

장호가 물었다.

"그렇게 해라. 기름값 넉넉하게 쏴주고."

[알았어요.]

장호가 복도로 나갔다. 길모도 더 이어서 생각하지 못했다. 바로 예약 손님이 들이닥쳤기 때문이었다. 뜻하지 않게 30분 사이에 세 팀이 오는 바람에 룸이 모자라게 되었다.

"안 돼!"

이 부장에게 빈 룸이 있었지만 거절당했다. 곧 손님이 올 거라니 할 말이 없었다.

"10번 룸 비었는데 쓰려면 써. 대신 장타는 안 돼."

곤란한 상황은 서 부장이 풀어주었다. 그가 다음 시간에 예약된 룸을 양보한 것이다.

"고맙습니다."

"뭘, 대신 열심히 해서 나 좀 콱콱 밟아라."

서 부장은 길모의 등짝을 툭 두드려 주었다.

두 번째 룸 회전이 끝났다.

길모는 시계를 보았다. 새벽 1시를 넘고 있다.

'슬슬 준비를 해야겠군.'

길모의 머리에 정태수와 하 사장이 스쳐 갔다. 출격은 대충 3시경으로 잡고 있었다. 물을 한 잔 마실 때, 장호가 1번 룸에서 나왔다.

[형, 윤표한테 문자 왔어요.]

"뭐라고?"

[우리 가게 앞이래요.]

"……?"

[정태수가 지금 내리고 있다고…….]

"……!"

뜻밖이었다. 정태수가 예고 없이 들이닥친 것이다. 그는 보좌관 둘을 달고 왔지만 기사만 남기고 죄다 돌려보냈다.

"조용히 한잔하려고."

"아, 예……."

길모는 불벼락을 맞은 듯 분주하게 움직였다. 1번 룸의 예약 때문이었다. 다행히 예약자는 1시간 가까이 늦겠다고 했다. 결국 2번 룸 예약을 취소시켰다. 홍연이 아파서 일찍 퇴근했다고 둘러댔다. 예약자는 대개 지명 파트너를 만나기 위해 오는 법. 조금 짜증을 냈지만 길모가 잘 무마를 했다.

'후우!'

겨우 숨을 돌린 길모가 정태수를 1번 룸에 입실시켰다.

'왜 왔을까?'

관상을 보려다 놀라는 길모. 어디서 펐는지 전작이 과해 얼굴이 홍당무에 가까웠다.

"오늘 김 변호사 안 왔나?"

"예. 그날 오시고……."

김 변호사를 묻는 정태수. 둘 사이에 무슨 일이 있었던 걸까? 슬쩍 관상을 파보니 출혈이 있었다.

'5억…….'

"그 친구 정치의 뜻을 접겠다더군."

"……!"

"혜수 있나?"

"불러드리겠습니다."

길모는 묵례를 하고 복도로 나왔다.

빙고!

김 변호사가 정치를 접었다. 정태수는 5억 정도의 출혈이 있었다. 그렇다면 김 변호사가 공천 뒷돈을 도로 찾아간 것으로 보였다.

'운이 좋군.'

김 변호사를 두고 하는 말이다. 오늘은 길모가 출격을 하는 날. 그렇기에 미리 챙기지 않았다면 돌려받을 기회는 없을 일이었다.

"술 마신 후의 스케줄 좀 잘 챙겨 들어."

혜수에게는 단 하나의 임무만 주었다. 그것 외에는 필요치 않았다.

"윤표야!"

테이블 세팅을 마친 길모는 밖으로 나와 윤표를 불렀다. 셔터를 내린 만복약국 앞에서 핸드폰을 만지작거리던 윤표가 달려왔다.

"들어가야지?"

"예……."

"가는 길에 하 사장 집 좀 체크해 줄래? 집에 들어왔는지?"

"알았어요."

"조심하고."

"걱정 마세요."

윤표는 장호 못지않은 라이더 솜씨를 뽐내며 멀어졌다.

새벽 2시!

길모는 잠시 생각을 정리했다. 정태수가 카날리아에 들어와 있다. 그 와이프는 수면제가 필요한 사람이니 이미 잠에 떨어졌을 시간. 그렇다면 혜수에게 시간을 끌라고 하고 다녀와도 될 일이었다.

"장호야!"

마음을 굳힌 길모가 장호를 불렀다.

"바이크 준비해라."

[지금 가게요?]

"그래!"

[알았어요.]

장호가 수화를 그릴 때였다. 혜수가 1번 룸 문을 열고 나왔다.

"부장님, 의원님 가신다는데요?"

"……?"

응?

간다고?

또다시 돌발 상황.

출격을 앞두고 사소하게 꼬이기 시작했다.

"가시죠."

카운터까지 내려온 기사가 정태수를 안내했다.

"고맙네."

정태수는 담담하게 한마디를 던졌다.

고맙네.

흔한 그 한마디가 길모의 귓가에서 뱅뱅 돌았다.

"술 깨는 숙취 해소 차를 가져오겠습니다. 중국 황제들이 마시던 차라니 잠시만 기다려 주시죠."

"됐네. 어차피 취하라고 마신 술……."

"아닙니다. 잠깐이면 됩니다."

길모는 직접 주방 쪽으로 뛰었다.

정태수는 잠시 서 있다가 그냥 계단을 올랐다. 혜수는 공손히 배웅을 했다.

부릉!

세단은 카날리아를 뒤로 하고 도로에 들어섰다. 달리는 내내 정태수는 말을 하지 않았다. 그의 눈빛은 다른 날에 비해 착잡해 보였다. 하지만 밤이 깊은 시간, 그는 눈꺼풀을 이기지 못하고 잠시 잠이 들었다.

차는 연희동으로 들어섰다. 심야의 골목에는 경찰도 철수하고 없었다. 기사는 리모콘으로 차고의 셔터를 올렸다. 그런 다음, 익숙하게 차고지로 들어섰다. 세단 한 대가 들어서면 맞춤한 공간이었다.

"의원님!"

"응?"

"다 왔습니다."

"어, 그래? 내가 깜빡 졸았군."

"내리시지요."

먼저 내린 기사가 뒷문을 열었다.

"자넨 그만 들어가게."

"거실까지 모시겠습니다."

"아니야. 마누라도 잘 테고… 나도 바로 잘 거라네."

"그럼 아침에 모시러 오겠습니다."

"그러시게."

기사는 인사를 남기고 다시 세단에 올랐다. 셔터가 올라가고 다시 내려왔다. 차가 골목을 나가는 소리를 들으며 정태수는 현관문을 열었다.

어둠 속에 희미하게 켜진 거실 등이 정태수를 맞이했다. 닫힌 현관은 띠롱 소리를 내며 저절로 잠겼다. 정태수는 넥타이를 풀어놓고 소파에 누웠다.

'아흠!'

하품을 한 번 한 정태수는 이내 잠들었다.

그 광경을 두 개의 눈동자가 쏘아보고 있었다.

길모였다.

길모는 소리 없이 현관으로 향했다. 어떻게 여길 들어선 걸까? 길모를 데려온 건 정태수의 세단이었다. 그러니까 그가 예

정보다 빨리 룸을 나왔을 때 길모는 재빨리 계획에 수정을 가했다. 혜수가 물어온 정보, 오늘 밤은 집으로 간다는 걸 참고했다. 길모는 황제의 차를 핑계로 비상구로 나와 세단의 트렁크를 열었다. 그리고 소리 없이 트렁크에 누웠다.

정태수는 계산을 마쳤으니 딱히 길모를 계속 기다리지 않을 거라 판단한 것이다. 만약 정태수가 끝까지 차를 기다리면 장호가 대신 가져다 줄 계획이었다. 시간은 심야, 술 취한 사람에게 피로도가 가중되는 시간이기에 가능한 시나리오였다.

계산은 적중했다. 세단은 그대로 정태수의 주차장으로 입실했다. 기사가 정태수를 부축해 갈 때 길모는 트렁크를 열고 나왔다. 그것으로 끝이었다.

현관 키는 간단했다.

손을 대자 원기둥과 그걸 감싸고 있는 원기둥 형틀이 느껴졌다. 원기둥 플러그에 철사를 꽂았다. 두 핀의 경계는 일직선을 이루며 방문객을 맞아주었다.

"드르렁!"

정태수의 코고는 소리는 요란했다. 와이프가 안에 있을 텐데 소파에서 퍼질러 자는 정태수. 그의 결혼 생활도 그리 애틋하지는 않은 것 같았다.

길모는 2층부터 뒤졌다.

금고는 없었다. 이어 안방 문을 조심스레 열었다.

"······?"

길모는 잠시 주춤거렸다. 안방에 있어야 할 정태수의 와이프가 없었다.

'뭐야?'

잠시 신경이 곤두섰다. 매일 밤 수면제를 먹는다는 여자가 어디로 간 건가? 일단 들어가 장롱을 열었다. 금고가 보이지 않았다. 침대 밑도 확인했다. 거기도 없었다.

살며시 나온 길모는 서재의 문을 밀었다.

"……!"

그 순간, 길모는 숨이 막히는 줄 알았다. 와이프가 거기 있었다. 흔들의자에 앉아 두 눈을 뜬 채.

'이런 젠장!'

발이 얼어붙어 버렸다. 딱 걸린 것이다. 순식간에 길모의 등골이 흔들리고 털이 곤두서 버렸다. 소리만 치면 꼼짝없이 들킬 판이었다.

그런데!

와이프가 움직이지 않았다.

"……?"

1분이 지나도 마찬가지였다.

'뭐야?'

그제야 이상한 생각이 든 길모가 슬쩍 움직여보았다. 와이프는 반응이 없었다.

'이래도?'

몇 발 더 움직여도 마찬가지였다. 알고 보니 정태수의 와이프, 실눈을 뜨고 자고 있었다.

"후아!"

철렁한 가슴을 겨우 쓸어내리는 길모. 살금살금 옆으로 돌자 두 개의 금고가 보였다.

하지만!

그렇게 찾던 금고 앞에서 한 번 더 자지러지는 길모.

"……!"

금고는 거기 있었다. 얌전하게 입을 벌린 채.

금고는 두 개 다 활짝 열려 있었다. 안에는… 땡전 한 푼도 남아 있지 않았다.

'어떤 놈이 나보다 먼저?'

길모의 머리에 벼락이 우르릉거렸다.

벼르던 금고. 그 금고가 비어 있었다. 그것도 두 개 다… 길모는 핸드폰을 확인했다. 무음으로 해둔 핸드폰에 장호의 문자가 들어와 있었다.

―도착.

장호가 근처에 왔다는 의미였다. 길모는 한껏 들어 올려진 가슴뼈를 내리고 돌아섰다. 아쉽지만 어쩔 수 없는 일이었다.

파앗!

정원을 도약하며 바로 점프를 했다. 허공을 구른 발이 벽을 이 단으로 차며 솟구쳤다. 행잉은 가볍게 성공했다. 하 사장 집과 경계를 이룬 담장을 잡은 길모는 가방을 던져 놓은 담장 아래로 착지를 했다. 그런 다음 패인 발자국을 흩트려서 침입의 증거를 지웠다.

하 사장의 집 뒤편은 어둠에 휩싸여 있었다. 마당 쪽의 전등도 꺼져 있다. 하 사장은 아직도 밖에서 주지육림에 빠진 모양이었다.

꿩 대신 닭!

자칫 그 모양이 될 판이었다.

'그건 아니지.'

길모는 고개를 저었다. 꿩도 아니고 닭도 아니다. 한 인간의 욕심 속에서 썩어가는 금고를 열면 시름에 겨운 많은 사람들에게 희망의 빛이 된다. 그건 돈의 액수로 논할 가치가 아니었다.

하 사장의 현관에는 독특한 자물쇠가 채워져 있었다. 주먹만큼 두툼한 몸통에 옆으로 돌려 번호를 맞추는 자물통이었다. 이유야 어쨌든 길모에게는 무용지물.

바로 번호를 풀고 자물통을 해제시켰다.

거실은 휘황찬란했다. 고서화와 도자기들, 그리고 장인의 솜씨로 보이는 옛날 가구들이 즐비했다.

'큼큼!'

거실에서 화기가 느껴졌다. 돌아보니 식탁의 냉장고 쪽이었다. 문이 살짝 열려 있다. 때문에 과부하가 걸린 건지 모터 쪽에서 연기가 새어 나오고 있었다.

화마(火魔).

하 사장에게 드리운 화마의 관상. 그 단초가 바로 이것인지도 모른다. 길모는 그냥 지나쳤다. 상태로 보아 당장 큰 불이 날 일은 아니었다.

이어 지하로 이어지는 계단으로 내려섰다. 하 사장의 금고는 그곳에 있다. 하지만 지하실 문이 걸음을 막아섰다.

"······?"

길모는 잠시 움찔했다. 지하실에서 불빛이 새어 나왔기 때문이었다. 그러나 문은 잠겨 있다. 아마 누군가 불 끄는 걸 깜빡한 모양이었다.

'하 사장이나 가정부가 치매가 있나?'

여기도 자물통은 독특했다. 큰 구멍 옆에 작은 구멍이 난 옛날식 자물통이었다. 구멍 외에 번호 키도 붙었다. 말하자면 3중 보안이었다. 호기심이 일어 철사를 밀어 넣어 보았다. 역시 하나로는 열리지 않았다. 또 하나의 철사를 꺼내든 길모가 두 개를 동시에 밀어 넣었다. 그래도 열리지 않았다.

'흐음······.'

길모가 집중하자 자물통의 길이 보였다. 큰 구멍이 메인이 아니고 작은 구멍이 메인이었다. 본래 섬세한 기술이 더 어려운 법. 만든 사람은 진짜 장인이 틀림없었다.

그에게 경의를 표하고 자물통을 해제한 길모가 지하실 문을 열었다.

'기노겁······.'

벽을 보자 그날 생각이 났다. 왼편의 벽에 놓인 금고를 제외하면 3면이 온통 양주와 와인으로 채워져 있었다. 구석에는 중국의 고급 명주도 보였다.

'보나마나 하청업체 사장들에게 뜯어온 거겠지.'

술에서 노가다 일꾼들의 통곡이 들리는 거 같았다. 어떻게든 하 사장의 마음을 사서 공사대금을 받으려했을 하청업체 사장들…….

길모는 본업을 위해 금고 쪽으로 다가섰다. 금고는 육중했다. 크기만으로 친다면 그동안 실례한 금고들 중에서 압도적이었다. 하지만 진심 허장성세(虛張聲勢)였다. 외관은 그럴 듯하지만 그 금고는 명품 금고가 아니었다. 자물쇠도 하 사장의 취향을 반영하고 있었다. 멀쩡한 금고에 구멍을 뚫어 육중한 자물통을 걸어둔 꼴이라니.

'허세 한 번 쩐다니까.'

혀를 차며 금고를 열었다. 자물쇠는 컸지만 철사 하나로 끝났고 다이얼 역시 특별한 보안장치는 아니었다.

"……!"

내부를 본 길모는 혀를 내둘렀다. 돈은 많았다. 기타 차용증이니 각서니 하는 것도 많았다. 다른 금고들이 그렇듯이 골드바도 20여 개 보였다.

일단 현금부터 가방에 쓸어 넣었다. 5만 원권으로 대략 10억은 될 것 같았다. 가방 세 개가 빵빵하게 차올랐다.

'이제 어쩐다?

현금을 챙긴 길모는 생각에 잠겼다.

하 사장!

그는 악덕 하청업자다. 그러나 다른 사람들과 달리 법을 이용하는 인간. 그러니 신고를 할 가능성이 높았다. 하청업체에 돈을 안 주는 것과 금고가 털린 건 별개의 문제였다.

길모는 전등을 올려보았다. 가까이 손을 가져가니 열기가 제법 뜨거웠다. 한두 시간 켜둔 게 아닌 모양이었다.

문 열린 냉장고와 끄지 않은 전등.

조용한 생각 속에 가만히 지하실을 돌아보는 길모. 바닥에는 붉은 카펫. 중앙의 테이블 위에는 중국 술 마오타이 병이 보였다. 옆에는 육포가 몇 줄 놓여 있다. 하 사장, 여기서 마오타이를 한잔하면서 쌓여가는 부와 권세를 즐긴 걸까? 술병은 다 비지 않았고 잔에도 약간의 술이 남아 있었다.

'잘하면…….'

길모는 생각의 정리를 마쳤다.

일단, 금고 문을 살포시 닫아주었다. 그런 다음 테이블 위에 올라서 마오타이를 입에 부었다. 길모 입의 술은 천정의 전등 주변을 향해 발사되었다.

"푸우!"

"푸우우!"

술은 천정을 적시기 시작했다. 양이 충분하지 않은 거 같아 새로운 마오타이 병을 진열장에서 뽑았다. 그걸 다 뽑은 후에 길모. 마지막 입에 든 술을 전등의 전선을 향해 뿜었다.

피식!

파직!

몇 번 지직거리던 전선은 마침내 스파크가 일며 불이 붙었다. 독주인 마오타이. 그건 차라리 휘발유를 뿌린 것과 다르지 않았다.

얌전하게 테이블에서 내려선 길모는 흔적을 지우고 지하실 문을 닫았다. 그리고 비밀번호를 바꿔주는 친절을 끝으로 출격을 끝냈다. 기억하시라. 비밀번호는 종종 바꿔주어야 한다. 그러나 요주의, 바꾼 비밀번호가 생각나지 않을 때도 있다.

―지금 와라.

길모는 담장 구석에서 문자를 날렸다. 1분도 되지 않아 장호가 소리 없이 다가왔다. 길모는 힘을 다해 가방을 담 너머로 던졌다. 마지막은 길모가 하 사장의 담장을 넘는 것으로 끝났다. 길모는 태연하게 앞서 가는 장호와 거리를 두고 걸었다.

[형!]

오토바이를 세워둔 공터로 나오자 장호가 손을 들었다.

"……?"

길모의 미간이 확 구겨졌다. 어둠을 타고 골목으로 들어가는 세단. 그건 분명 하 사장의 것이었다.

[그냥 둬도 돼요?]

장호가 수화를 바삐 그렸다.

"……."

[형…….]

"돼."

길모는 한마디로 대답했다. 어쩌면 잘된 일인지도 모른다. 어차피 하 사장은 끝을 봐야 정신을 차릴 인간이므로.

그 시간, 하 사장은 집 앞에서 내렸다. 그는 대리기사에게 만 원을 던져 주었다.

"3천 원 더 주셔야 하는데요?"

"됐어. 내가 대리 한두 번 타는 줄 알아?"

"사장님……."

"가 봐."

하 사장은 퉁명스럽게 내쏘고 마당을 밟았다. 술이 잔뜩 오른 그는 비틀거리는 몸을 바로 세웠다.

"개새끼… 기집년 끼고 수십만 원 꽃값은 안 아깝고 대리비 3천 원은 아깝냐?"

문밖에서 기사의 저주가 날아왔지만 그는 듣지 못했다. 그는 늘 하던 대로 현관에 들어섰다. 마누라도 가정부도 없는 집. 그저 침대에 기어가 쓰러지면 그만이었다.

그런데!

그는 코를 자극하는 냄새에 고개를 들었다. 방 안에는 연기가 자욱하게 차 있었다. 본능적으로 두리번거리는 하 사장. 그러다 지하실을 보고는 정신이 번쩍 들었다.

"아, 안 돼!"

연기는 지하실에서 솟구치고 있었다. 그는 금고 생각에 지하실로 뛰었다. 취한 몸이라 두 번이나 엎어지고 굴렀다. 허둥지둥 문 앞에서 열쇠를 꺼내는 하 사장. 하지만 두 열쇠가 꽂혀도 문을 열리지 않았다. 번호 키의 번호가 안 맞는 것이다.

"이게 왜 이래?"

그는 허둥거리기 시작했다.

"왜 이러냐고? 분명 내 차 번호로 맞춰놨는데!"

그가 절규하기 시작했다. 급한 마음에 생일, 전화번호, 집 번지수, 최근까지 끼고 놀았던 영계의 생일날까지 동원해 보지만 헛수고. 길모가 새로 세팅한 번호를 그가 알 리 없었다.

후웅!

그사이에 제대로 번진 불길이 신음 소리를 냈다.

"……?"

하 사장은 그제야 공포에 사로잡혔다. 돈이 아니라 목숨이 날아갈 판이었다.

"119, 119!"

마당으로 뛰어나온 그가 소방서에 전화를 걸었을 때는 이미 화마가 거실까지 덮친 후였다.

펑펑!

지하실에서는 폭탄 터지는 소리가 이어졌다. 그가 모아둔 술들이 터지는 소리였다.

"금고, 금고를 꺼내라고. 지하실에 내 금고가 있어!"

하 사장은 소방대원을 잡고 다그쳤지만 그들도 쉽사리 접근하지 못했다. 높은 도수의 술이 가득 찬 지하실은 폭약이나 다름없었기 때문이었다.

그 시간, 길모는 달리는 오토바이 위에서 은철에게 전화를 걸고 있었다.

"현금 배달될 거야. 그중에서 2억은 도도건설 천 사장에게 건네주면 좋겠어. 그 양반이 꼭 받아야 하는 돈이거든."

─분부대로 하지요!

은철은 기꺼이 대답했다.

"장호야!"

[땡기라 이거죠?]

"그래. 시원하게 한 번 날아보자."

길모의 명을 받은 장호가 기어를 당겼다. 멀리서 새벽을 흔드는 소방차의 사이렌 소리가 여전히 요란했다.

* * *

얼마나 잤을까?

길모는 누군가 몸을 흔드는 것에 놀라 눈을 떴다. 장호였다.

"왜?"

잠이 덜 깬 길모가 돌아누웠다.

[뉴스가 떴어요!]

장호는 길모의 눈앞에 대고 수화를 그려댔다.

'뉴스?'

길모는 반사적으로 벌떡 일어났다.

"잘못됐냐?"

[직접 보세요.]

장호가 노트북을 내밀었다.

화면에는 정태수가 보였다. 그는 국회의사당에서 기자회견을 하고 있었다.

—저는 그동안 의원 생활을 겸허히 하지 못한 것을 통렬히 반성하며 의원 재임 기간 동안 늘어난 재산 일체를 복지재단과 사회사업 재단에 조건 없이 기부하고자 합니다.

"……?"

길모의 눈은 바로 휘둥그레졌다. 기부라고?

—이를 위해 보유하고 있던 일체의 주식과 펀드, 현금 등을 처분해 사회에 환원하였고 그 결과는 비공개를 부탁하였습니다. 이는 여타 정치인들이 재산의 사회 환원을 빌미로 지명도를 높이는 전철을 밟고자 하지 않음이니 양지해 주시기 바랍니다.

정태수의 선언문은 계속 이어졌다.

—아울러 이 시간 이후로 저는 당의 모든 직책을 내려놓고 백의종군으로 오직 국민만을 위하는 당선 초심으로 돌아가고자 하오니 충정을 헤아려 주시기 바랍니다.

발표문을 다 읽어 내려간 정태수는 '국민들에게'라며 큰절을 올렸다.

—선행을 하시니 천운도 따르는군요. 어젯밤 의원님 뒷집에 큰 화재가 났는데 의원님 집은 담장만 그을린 정도라고요?

기자들의 질문이 이어질 때 길모는 뉴스 화면을 껐다.

따악!

길모의 뇌리에 충격파가 진하게 스쳐 갔다. 한 대 제대로 맞았다. 그래서였다. 그래서 금고가 비어 있었던 것이다. 어떤 놈이 먼저 털어간 게 아니라 정태수가 스스로 털어버린 일이었다.

행운아!

기자의 말이 맞았다. 단 하루만 늦었어도 정태수의 금고를 길모가 접수할 판이었다. 화마(火魔)를 두 집에다 불러줄 수도 있었다.

그런데 그가 길모의 말귀를 알아들은 것이다.

비워야 커진다는 것, 다리를 버리고 바다로 들어가 지상 최대의 동물이 된 고래의 길을 간 것이다.

발표문은 녹화 뉴스였다. 첫 방송을 보니 아침 9시. 그러니까 길모가 집으로 돌아와 막 잠이 든 시점이었다.

정태수……

그제야 길모는 어젯밤 그가 남긴 담담한 한마디의 의미를 깨닫게 되었다.

'고맙네!'

다 버리고 바다로 가서 고래가 되라고 알려준 길모. 이미 크고 작은 공천 헌금 파동에 시달려 오던 정태수는 그 말을 허투루 듣기 힘들었다.

국회의원 자리는 제한적이고 되고 싶은 사람은 많았다. 다들 조건 없는 헌금이라고 봉투를 내밀지만 막상 공천에서 떨어지면 생각이 달라지는 건 지당한 일.

크고 작은 부작용이 표면화되자 슬슬 불안을 느끼던 판이었다. 누군가 기사화라도 해서 국민들에게 알려지면 대권 도전은 커녕 정치 생명까지 박살 날 판이었다.

그는 결국 스스로 금고를 여는 길을 택했다. 그걸 열어버림으로써 화근의 근원을 버린 것이다. 언젠가 다시 공천 헌금이 문제가 된다고 해도 상관없었다. 그는 그 돈을 사회에 환원했다는 명분이 있으니까.

'자고 나면 역사가 바뀐다더니……'

길모는 피식 미소를 머금었다. 한잠 개운하게 자고 나서 정태수의 금고에 대해 생각하려던 참이었다. 하지만 수고를 끼칠 필요가 없게 되었다.

[아깝네요.]

장호가 입맛을 다셨다.

"아깝긴. 잘된 거지."

길모는 웃었다.

[왜요? 우리가 털어야 할 돈이었잖아요?]

"돈이 변신을 했잖냐? 파렴치한 인간들의 치부와 탐욕에 쓰이는 게 아니라 어렵고 힘겨운 사람들의 품으로 갔으니……"

길모는 긍정적으로 생각했다. 무엇보다도 정 의원 자체가 대오각성할 기회가 되었다면 그것도 돈 못지않은 가치가 있었다.

[아, 그래도 그렇지… 우리가 투자한 게 얼마인데……]

"기다려 봐라."

길모는 은철에게 전화를 걸었다. 정태수에게 건네준 명함 때문이었다. 은철은 곧 전화를 받았다.

"어, 금세 받네?"

─당연하지. 헤르프메의 실질적 주인이신데……

"주인은 무슨… 하나 물어볼 게 있어서……."

—말해.

"혹시 뉴스 봤어? 정태수 의원 기자회견?"

—기부금?

은철은 가시와 뼈를 발라내고 알맹이를 집어 물었다.

"들어왔어?"

—5억, 대신 절대 비밀이라는 단서가 붙었는데 알려줘도 되나 몰라?

은철이 말꼬리를 흐리며 웃었다.

"알았어. 그럼 못 들은 걸로 할게."

—아, 도도건설이라고 하청업체 있잖아? 거기는 홍 부장이 원하는 대로 처리했어.

"벌써?"

—뭐가 벌써야? 그 기쁨을 위해 지옥을 들락거리는 사람도 있는데…….

"지옥이라니? 천국이지."

—마인드 굿이네.

"그 돈에 얽힌 하청업체들이 많을 거야. 가급적이면 그쪽으로 포커스 맞춰주면 좋겠어."

—참고할게.

그 말을 들으며 길모는 통화를 끝냈다.

[벌써 처리했대요?]

듣고 있던 장호가 물었다.

"그렇단다."

[그럼 천 사장님도 자고 나서 천국을 만났겠네요?]

"아마……."

길모는 말끝을 흐리며 다른 뉴스를 찾았다.

짝퉁 금고의 비극.

하 사장의 화재사고에서는 재미난 제목이 나왔다. 사진도 보였다. 불에 녹아버린 지하실의 초대형 금고였다. 길모의 예상은 맞았다. 그 금고는 겉모양만 우람했지 길모가 본 것 중에서 가장 조악했다. 내화성(耐火性)이 꽝이었던 것이다.

결국 금고 안의 내용물은 재로 남았다. 금고와 함께 금도 녹고, 서류와 일부 돈은 흔적도 없이 사라졌다.

화재가 진압된 지하실 사진 속에는 늘어진 양주병과 녹아난 금고가 흉가처럼 돋보였다.

화재 원인은 누전으로 잠정 결론이 났다. 발화 지점이 천정의 전등 쪽이었기 때문이었다. 냉장고 쪽에서 타다 만 전선도 한몫을 했다. 더욱 다행스러운 건 등을 끄지 않고 나간 게 하 사장이었다는 것. 그가 스스로 그 사실을 인정하고 냉장고 과부하까지 더해지자 다른 가능성들은 잿더미에 묻혀 버렸다.

나이를 먹으면 깜빡증이 생긴다. 이름 하여 건망증. 더 심하면 치매. 그 건망증 하나가 당신의 모든 것을 가져갈 수도 있다. 하 사장처럼!

*   *   *

개운하고 가뜬하게!

인간의 실체는 무엇일까? 길모는 그게 의욕일 거 같았다. 의욕은 희망을 낳고 희망은 즐거움을 가져왔다. 즐거움은 몸을 가뜬하게 만들었다. 피로조차 크게 느껴지지 않았다.

흰 양복에 노란 넥타이를 매고, 길모는 만복약국에 출근도장을 찍었다.

"여기요!"

류 약사가 드링크에 더해 숙취해소제까지 올려놓았다. 길모는 5만 원짜리를 꺼내놓았다.

"홍 부장님."

류 약사가 길모를 바라보았다.

"네?"

"숙취해소제는 어떤 게 제일 좋아요? 부장님은 전문가시니까 잘 아실 거 같은데……."

전문가. 나쁜 소리가 아니었다.

"어, 그런 거 공짜로 알려주면 안 되는데?"

길모는 넌지시 배짱을 튕겼다.

"그럼 차 사야 돼요?"

"뭐 그러시면 좋죠. 저도 영업 노하우니까요."

"좋아요. 사죠, 뭐."

"약속한 겁니다."

"네. 관상도사님 비위 건드렸다가 무슨 봉변을 당하려고요."

류 약사는 볼을 붉히며 웃었다.

"사실 숙취해소에 즉효약은 따뜻한 차입니다."

"숙취해소제가 아니고요?"

"제 경험에 의하면 차가 최고예요. 꿀차, 생강차, 쌍화차, 유자차처럼 따뜻한 차 한 잔 마시고 자면 훨씬 개운하지요."

"그런데 왜 숙취해소제를……."

"사가냐고요?"

"예!"

"인식과 이미지, 그리고 효율과 편리성 때문이지요. 사람들 중에는 차를 번거로워 하는 분들이 많거든요. 그냥 갈 때 차 안에서 이거 한 병 딱 까마시면… 아시겠죠?"

"이해가 되네요."

분위기가 한참 좋아질 때 전화가 울렸다. 발신자를 보니 도도건설 천 사장이었다.

―오늘 문 안 여나요?

서둘러 약국을 나오니 가게 앞에서 기다리는 천 사장이 보였다. 허름한 작업복 차림이었다.

"홍 부장님!"

길모를 보자 반색을 하는 천 사장.

"어쩐 일로?"

행색으로 봐서 술 마시러 온 건 아니었다. 더구나 그는 비싼 가게를 선호하는 사람도 아니었다. 그런데…….

"복장이 불량해서 못 들어가겠죠?"

뜻밖의 말이 나왔다.

"예약하시게요?"

"안 될까요? 홍 부장님 말대로 행운이 찾아와 공사대금이 처리가 되었지 뭡니까? 아무래도 홍 부장님 덕분 같아서 감사 매상이라도 좀 올려드려야 마음이 편하겠더라고요. 제가 내일 새벽에 지방 현장에 가야해서 일찍 마시고 가서 자려고……."

"그러지 않으셔도 되는데……."

"역시… 이런 복장으로는 안 되겠죠?"

천 사장… 옷 때문인 줄 알고 풀이 죽는다.

"아닙니다. 들어가시죠."

길모는 문 열 시간도 아니었지만 더 사양하지 못했다. 진심으로 고마움을 표시하기 위해 달려온 천 사장. 그런 마음이라면 잠 잘 시간을 아껴서라도 수용하는 게 예의일 것 같았다.

"하핫, 받아줘서 고마워요. 하지만 술은 발렌타인 17년으로 한 병만 마실게요. 함부로 쓰기엔 소중한 돈이라서……."

"그러죠."

오더를 받은 길모는 복도로 나와 혜수를 긴급 호출했다.

"중요한 손님이니까 빨리 좀 와줘."

미용실에서 헤어를 가꾸고 있던 혜수가 바로 날아왔다. 그녀는 천 사장의 복장을 보고도 싫은 내색을 하지 않았다. 길모 역시 발렌 17년을 그 어떤 고가의 술보다 정성껏 세팅해 주었다. 가장 싼 기본이지만 가장 뿌듯한 마음이었다.

기본으로 스타트!

이런 경우 웨이터들은 썩 반기지 않는다. 매상을 정리하기 위해 오 양과 함께 서둘러 나온 방 사장도 심드렁한 눈치였다. 고작 기본 손님을 가지고 오픈 시간도 되기 전에 시작했으니 그럴 만도 했다.

하지만 사안이 달랐다.

길모에게는 근래 들어 최고의 개시였다. 1번 룸에 와서 희망을 만난 손님. 바로 유복동향 유난동당(有福同享 有難同當)이다. 복을 함께 나누었으니 이런 손님이 반갑지 않으면 누가 반갑단 말인가?

제3장

호언장담을 이루다

대리기사 5명 미리 확보!

세차 알바 2명 투입!

협력 보도에 에이스급 아가씨 총 동원 파견령!

매상 배틀!

그 마지막 날, 카날리아는 전쟁터를 방불케 하고 있었다. 접전의 선봉에는 강 부장과 이 부장이 나섰다. 다른 여느 때보다도 공격적 마케팅을 펼치고 있는 것이다.

길모도 빠지지 않았다. 그렇다고 강 부장이나 이 부장처럼 에이스들을 들볶지는 않았다. 길모의 에이스들은 아직 지명고객이 많지 않았다.

그래도 장호만은 손가락이 터져라 문자를 쏘아댔다. 어떻게

든 길모를 돕고 싶은 마음 때문이었다.

11시 피크 타임.

홍연이 재벌 3세 세 명을 한 방에 녹여 버렸다. 보면 볼수록 촉이 돋는 홍연의 춤. 그 뇌쇄적인 춤은 재벌 3세들의 스트레스를 관통했다. 고작 3분여 관능을 뿜어내자 손님들은 경쟁적으로 팁을 내놓고 주문 오더를 내놓았다. 그녀의 섹시미 또한 혜수의 능력에 뒤지지 않음을 과시한 시간이었다.

그 직후에 천 회장에게서 전화가 왔다. 조금 늦게 될지도 모른다며 혹시 못 가게 되면 내일로 예약을 옮겨달라는 전갈이었다. 길모는 흔쾌히 응대를 했다.

전화를 끊을 때 서 부장의 거물 손님이 계단을 내려섰다. 중국을 발판으로 재기에 성공한 중견기업의 사장이었다.

잘나갈 때는 왔다하면 2~3천만 원짜리 오더를 내려 방 사장을 즐겁게 만들었던 인물. 그가 들어서자 강 부장과 이 부장의 인상이 일그러졌다.

예상대로 그는 1,200만 원짜리 술을 두 병 마셨다. 이런저런 소품을 더해 매상 2,800만 원이 올라가는 순간이었다.

단타와 홈런.

그 차이는 엄청났다. 200, 300으로 인해전술을 이루던 이 부장은 어이가 없었다. 열 룸을 풀가동한 수고를 한 방에 눌러 버린 것이다.

"오백 꼬냑 일 병!"

"칠백 꼬냑 일 병!"

불에 기름을 부은 것일까? 두 부장의 테이블 오더도 가격이 높아지기 시작했다.

[형, 이러다 우리가 꼴찌하는 거 아니에요?]

걱정이 된 걸까? 1번 룸에서 나온 장호가 길모를 바라보았다.

"아직 마감 끝난 거 아니다."

[밖에나 나가보고 그런 말해요.]

장호가 울상을 지었다. 길모는 바람을 쏘일 겸 밖으로 나왔다.

"……!"

장호의 걱정은 기우가 아니었다. 주차장에는 차가 만원을 이루고 있었다. 그걸로도 모자라 입구에서 서성이는 사람들까지 보인다.

전부 예약자들이었다. 다들 들어갈 차례를 기다리는 것이다. 룸싸롱이 최고의 절정기 때를 보는 것 같았다. 그때 물 좋은 룸에 들어가려면 두세 시간을 기다리는 손님들도 있었다.

"좋네."

길모는 웃었다. 길모의 손님들은 아니지만 썰렁하게 파리를 날리는 것보다는 나았다.

[형, 지금 그런 소리 할 때예요?]

"그럼? 울기라도 할까?"

[아, 진짜 좀…….]

"현재 스코어 어떠냐? 확인했지?"

길모는 알고 있었다. 장호가 시간대별로 카운터를 체크하는 걸.

[서 부장님이 이천팔백 끊으면서 단독 1등이에요. 그리고 저기 있는 손님들 절반이 서 부장님 손님이라고요.]

손님들…….

서 부장은 네 개의 룸을 돌린다. 오늘 같은 날은 공 룸이 없으므로 다른 룸은 건드릴 수 없다. 텐프로의 기본 회전시간인 1시간 30분을 기준으로 계산하면 자정부터 3시까지 8팀, 최대한 10팀을 받을 수 있다.

'테이블당 삼백 잡으면 약 삼천…….'

길모도 천 회장을 제외하고 예약이 두 개 더 있었으므로 차이는 대략 4~5천 정도가 될 것 같았다.

'SOS를 뿌려야겠군.'

길모는 결단을 내렸다. 어차피 방 사장에게 매상 톱을 선언한 마당이었다. 더 중요한 건 길모의 에이스들이 다른 박스의 에이스에 비해 밀리지 않는다는 사실. 그러니 이대로 주저앉으면 그건 부장의 무능함밖에 달리 이유가 없었다.

'천 회장님도 안 오실지 모르니…….'

머리에 몇몇 인사가 스쳐 갔다.

이 실장!

조 이사!

최 회장!

김석중 원장!

박종국 사장!

청담동 사채업자 노봉구!

그리고 주식의 신 박길제까지!

길모는 최 회장을 찍었다. 기업의 글로벌화를 위해 진력하는 최 회장. 그라면 기브 앤 테이크를 할 만한 건이 많을 것 같았다.

하지만 아쉽게도 그의 전화는 꺼져 있었다.

가는 날이 장날이다.

그때 길모 옆에 선 장호의 눈에 아우디 S클래스가 굴러들어왔다.

[형!]

길모도 고개를 들었다. 세단은 소리 없이 굴러와 길모 앞에 멈췄다. 누굴까? 차 가격만 해도 10억을 바라보는 이 차의 주인공은?

"아이고, 오셨습니까?"

영접하는 사람은 이 부장이었다. 그는 허둥지둥 달려 나와 손님을 맞이했다. 놀랍게도 손님은 자가 운전이었다.

"들어가시죠."

이 부장, 입이 귀에 걸렸다. 아마 회심의 승부수를 위해 초빙한 거물 중의 거물 같았다.

'응?'

그런데, 선글라스를 눌러 쓴 그가 스쳐 지나갈 때 길모의 눈자위가 확 구겨졌다.

"저기요, 손님!"

길모는 계단을 내려가며 이 부장의 손님을 불렀다.

"나 말인가?"

카운터 앞에서 손님이 돌아보았다.

"혹시 이거 흘리셨는지……."

길모가 내민 건 넥타이 핀이었다. 물론, 이 부장 손님의 것은 당연히 아니었다.

"내 건 아닌데?"

손님은 선글라스를 들어 올리며 통명스레 대답했다.

"아, 죄송합니다."

길모는 공손히 고개를 조아렸다. 그 위로 이 부장의 뱀 같은 눈빛이 쏟아지고 있었다.

[왜 그래요? 그건 다른 손님 거잖아요?]

애당초 넥타이핀을 주워온 건 장호였다. 그러니 길모의 행동이 이상하지 않을 수 없었다.

'젠장!'

길모는 침을 넘겼다. 구겨진 얼굴은 아직도 펴지지 않았다.

관상이다.

손님의 관상 때문이었다. 관상이 길모를 그렇게 만들었다. 그러나 제대로 답을 얻지 못했다. 선글라스 때문에 눈을 제대로 보지 못한 까닭이었다.

"형님!"

길모는 이 부장을 주류창고로 잡아끌었다.

"뭐야?"

이 부장을 각을 세우며 길모를 쏘아보았다.

"저 손님 아시는 분입니까?"

"그건 왜 묻는데?"

"그게……."

"왜? 비싼 차 보니까 쫄리냐?"

"그건 아닙니다."

"아니면 왜 그러냐고? 나 바쁘거든."

"저분, 주문받지 마십시오."

"뭐야?"

"꼭 받아야 한다면 그냥 기본 정도……."

"오, 내가 좀 나가려고 하니까 초 치려고?"

"아닙니다. 관상과 차가 어울리지 않습니다."

"뭐? 관상하고 차가?"

이 부장은 허 하고 냉소를 뿜어댔다.

"지랄도 등급이 있다더니 딱 네 꼴이구나. 야, 차가 무려 10억 짜리다. 너는 술값 대신 차 잡으면 되고 나는 안 되냐? 돈 안 나 오면 차 받으면 되지 뭐가 걱정이야?"

이 부장의 목소리가 높아졌다.

"형님!"

"까는 소리 하고 자빠지지 말고 가서 네 볼일이나 봐라. 나도 운 트이려고 저런 분 모시게 된 거다. 알간?"

이 부장은 목에 힘을 주고는 주류창고를 나갔다.

"후우!"

한숨이 나왔다.

이 부장을 시기해서 한 말이 아니었다. 이 부장 손님의 눈동자, 자세히 보지는 못했지만 사팔뜨기처럼 보였다.

눈!

관상에서 첫손에 꼽히는 부분이다. 오죽하면 다른 곳이 다 나빠도 눈이 좋다면 길하다는 말이 있을까? 눈은 보통 이백안이다. 검은 눈동자 좌우로 흰자위가 보이는 게 정상이다. 관상에서는 특히 경계하는 눈이 몇 가지 있다.

1) 하백안─아래 쪽 흰자위가 드러나는 눈이다. 검은자위가 위로 치우쳐 붙은 꼴이다.

2) 상백안─하백안과 반대로 위쪽 흰자위가 드러나는 눈이다. 심성이 흉포하여 인생 굴곡이 심하다.

3) 사백안─상하좌우의 흰자위가 모두 드러나는 눈으로 가장 꺼리는 눈이다. 아주 좋지 않다.

4) 일백안─검은자위가 한쪽으로 몰린 눈이다. 두 눈이 다 일백안이라면 순탄한 생을 살기 힘들다.

그런데 사팔도 경계하는 눈의 하나에 꼽힌다.

사팔!

이 눈을 가진 사람은 진실과 담을 쌓은 경우가 많다. 노름이나 사기꾼일 가능성이 높은 것이다.

그와 더불어 두상과 피부도 마음에 걸렸다. 그의 머리에는 털이 듬성거렸고 피부 또한 살가죽이 얇았다. 그렇다면 재물을 모으기 힘들다는 얘기였다.

물상으로 봐도 뱀상이 섞인 닭상이었다. 아우디 10억짜리 정도를 끄는 닭상이라면 닭에 천귀(天貴)나 용귀(龍貴)라도 깃들면 모르되 벗겨진 머리에 하관까지 빠른 사람이라니? 한마디로 쪼잔한 사기나 치다가 한 생을 마감할 관상의 소유자였다.

혹시나 해서 번호판을 확인했다. 렌터카는 아니었다. 하긴 10억을 호가하는 아우디 렌터카가 있다는 말은 길모도 듣지 못한 판이었다.

[형!]

마음이 찜찜할 때 장호가 달려왔다. 그리고 바삐 수화를 그려 댔다.

[천 회장님 오셨어요.]

천 회장!

마침내 길모의 구세주도 도착을 했다. 길모는 이 부장의 손님을 잊었다. 그 즈음에 강 부장이 콜한 거물도 도착했다. 그렇잖아도 뜨거운 카날리아가 용광로처럼 달아오르기 시작했다.

"나 알지?"

천 회장 옆에는 동행이 있었다. 바로 황태구였다.

"어르신!"

길모는 담담하게 그를 맞았다.

"이 양반 기다리다 날 샐 뻔했네그려. 들어가시게나."

천 회장이 길모에게 손짓을 했다.

두 거물이 들어서자 1번 룸이 가득 차 보였다. 아가씨는 혜수와 승아가 들어왔다.

"유복동향 유난동당이라? 시호부터 마음에 드는군."

황태구가 목판 글자를 보며 웃었다.

"분위기를 내본 것인데 칭찬해 주시니 고맙습니다."

길모가 화답을 했다.

"홍 부장, 오늘 술값은 황 좌상님이 내실 것이니 바가지 좀 팍팍 씌우시게나. 천운을 거스르고 2세를 꿈꾸었으니 그 정도 주머니는 열어야지."

천 회장이 공을 황태구에게 넘겼다.

"죄송하지만 황 어르신은 술을 즐겨 하지 않는다고 들었습니다만……."

"오라? 그럼 술 즐기는 내가 쏴라?"

"딱히 그런 것은 아니지만……."

기부나 하시죠.

길모의 본심은 그것이었다. 아직까지도 기분이 쌈빡하지 못하지만 대리모, 그건 어차피 일어날 일이었다. 그러니 그렇게라도 그를 울궈 내서 어려운 사람을 돕는 게 실속 있는 판단이었다.

"어이쿠, 우리 홍 부장은 역시 인성이 됐네. 아, 술 안 먹는 내가 술친구로 와준 것만 해도 고마운 거 아닌가?"

황태구가 너스레를 떨었다.

"쩝, 그럼 저한테 중매비 달라는 대로 준다는 말씀은 허언이셨군요?"

"그게 또 그렇게 되는 건가? 결국 술값은 내가 내야겠군."

"중매비에 관상 소개까지 했으니 대충은 안 됩니다."

천 회장이 재차 압박을 했다.

"좋아, 까짓것 내가 간만에 한 번 써보지. 따지고 보면 오늘처럼 좋은 날도 없으니까."

황태구의 간문은 복숭앗빛으로 물들어 있었다. 인생의 말미에 2세에 도전하는 그. 술집 여자나 작부도 아니고 어엿한 처녀와 정을 통하고 왔으니 회춘도 그런 회춘이 없었다.

"들었나? 나도 싼 거 얻어먹고 싶은 마음은 없으니 가서 자네 마음대로 가져오시게."

천 회장의 동의가 떨어졌다.

'그렇다면?'

길모의 머리가 총알처럼 돌아갔다.

기부 앤드 매상!

길모는 금상첨화를 머리에 그렸다.

지난번, 천 회장은 로열살루트 50년산을 마시고 갔다. 술값만 무려 고급세단 한 대 값이었다. 그러나 그 술은 구하기 어려운 술… 그에 비해 극고가의 와인은 조금 여유가 있었다. 와인이라면, 술 못 마시는 황태구도 입에 댈 수 있는 술.

"그렇다면 어르신의 경사를 위해 2010년산 로마네 꽁띠를, 회장님을 위해서는 최상급 꼬냑을 올리겠습니다."

일타쌍피!

이미 호언을 한 황태구는 이의를 달지 않았다. 복도로 나온 길모는 거침없이 주류창고 문을 열었다. 옆에서 수행하는 장호 또한 어깨가 부러져라 힘이 들어가 있었다.

로마네 꽁띠 2010년산.

방 사장이 물경 2,500만 원에 집어온 것이다. 그러니 두 배만 받아도 5천만 원. 거기에 최상급 꼬냑을 올리면 막바지 매상 경쟁에 승부수가 될 수 있었다.

"야야, 너 그걸 왜?"

길모가 장호를 앞세워 꼬냑을 들고 나오자 방 사장이 기겁을 했다.

"오더가 나왔습니다."

그 한마디에 방 사장은 숨이 멎고 말았다. 주문자는 지난번에 로얄살루트 50년을 마신 천 회장. 이의가 있을 수 없는 오더였 다.

아직 사정을 모르는 부장들은 이리 뛰고 저리 뛰느라 바빴다. 길모는 허둥거리는 이 부장을 바라보다 1번 룸으로 들어갔다.

"이거 만약에 아들이 아니라 딸이 나오면 자네들이 배로 물 어내야 하네?"

와인 한 모금을 마신 황태구가 괜한 거드름을 피웠다.

"어이구, 늦장가 가셨다고 유세 떠시는 겁니까?"

천 회장이 웃었다.

"유세는 무슨… 늙은이 주책에 천하제일 관상대가까지 보내준 게 고마워서 그러지."

"저기⋯⋯."

그 틈으로 길모가 슬쩍 끼어들었다.

"왜? 말씀하시게나?"

황태구가 고개를 들었다.

"송구하지만 태아에게는 미약하나마 두 개의 흉살이 있을 수 있습니다."

"흉살?"

황태구의 눈동자가 달라졌다.

"크게 걱정하실 일은 아니고요 선행이나 조금 쌓으면 바로 풀릴 겁니다."

길모는 헤르프메의 명함을 내밀었다.

"오라, 선으로 액을 막아라?"

"예!"

"까짓것 그러지. 어차피 그 아이를 위해 내 모든 걸 쏟을 판이니."

다행히 황태구는 흔쾌히 제안을 접수했다. 일타쌍피가 완성되는 순간이었다.

"그나저나 홍 부장!"

황태구와의 일이 끝나자 천 회장이 입을 열었다.

"예. 회장님!"

"오늘 내 관상 어떤가? 뭐 좀 변한 거 없나?"

내미는 얼굴을 보니 재복궁에 서광이 냉큼 올라앉았다. 큰 거래를 마친 모양이었다.

"오늘 하신 거래는 대길할 것 같습니다. 그쪽에서 터진 금전 운이 재복궁으로 쏠리고 있으니 금고 준비하실 일만 남았습니다."

"어허, 이거 내가 꼭 듣고 싶던 말을 해주는군. 사실 오늘 짭 짤한 거래를 하고 왔다네."

"오라, 그 M&A 얘기하더니 기어이 성사를 하신 모양이군?"

황태구가 끼어들었다.

"예, 홍 부장 덕분에 건강 걱정도 덜었고… 그러니 저도 좌상 님처럼 신세계 한 번 개척해 봐야 하지 않겠습니까?"

"신세계라니?"

"시치미를 떼시긴. 새 생명을 만드는 일보다 더 큰일이 어디 있겠습니까? 안 그렇습니까?"

"예끼, 이제 보니 아직도 나를 놀리시는군!"

황태구가 손짓을 하자 일동은 한바탕 웃음을 터뜨렸다.

"다만……."

웃음이 그치자 길모가 입을 열었다.

"거기에 뒤따르는 작은 계약이 두어 건 있을 거 같은데 그건 잡지 않으시는 게 좋을 것 같습니다."

"그것도 알 수 있나?"

"예……."

"으음… 과연 관상대가답군. M&A 과정에서 그쪽 지분에 관 계되는 작은 기업 두 개 인수 문제가 나왔는데 무시해야겠군."

"어이쿠, 앞으로 나도 홍 부장이랑 좀 친하게 지내야겠어."

황태구의 말을 뒤로 한 길모는 복도로 나왔다.

[형, 최고예요!]

장호가 엄지를 세워 보였다. 매상이 쫙 올라갔으니 마음이 놓이는 모양이었다. 길모가 장호의 머리카락을 문지를 때 3번 룸이 열리며 아우디 주인이 나왔다. 그는 전화를 받고 있었다.

'틀림없는 사팔……'

술이 오른 그는 선글라스를 벗었다. 눈을 또렷이 읽게 되자 잊고 있던 불길함이 되살아났다. 그는 통화를 하며 계단을 올라갔다. 조용한 데서 통화하는 것. 그건 손님들에게 흔히 일어나는 일이었다.

"잠깐만!"

길모는 예감에 못 이겨 밖으로 나왔다. 업소 앞에는 주차 알바 두 명만이 서성거렸다. 그때였다. 힐금 뒤를 돌아본 아우디 주인이 도로 쪽으로 방향을 돌렸다.

'뭐야?'

눈 깜짝할 사이에 그는 달려오는 택시를 세웠다. 아우디의 주인이 택시를?

'맙소사!'

자그마치 2천만 원 가까운 테이블 오더를 내리고 에이스를 주무르며 황제 대접을 받던 아우디의 주인이 무전취식 먹튀로 변하는 순간이었다.

이 부장이 뛰어나왔지만 먹튀는 떠났다. 무전취식이라면 신고해 봤자 이 부장에게 돌아올 건 없었다. 혹시 잡히더라도 그는 큰집에서 살짝 쉬다 오면 그만이었다.

아우디는 동창회에 나온 친구가 몰고 온 걸 슬쩍한 것으로 밝혀졌다. 정확히 말하면 무전취식자의 친구가 아우디 소유자의 운전기사였다. 진짜 소유자가 해외에 간 사이에 동창회에 몰고 나와 과시를 한 것.

결국!

이 부장은 근처의 사채업자에게 급전을 빌려 땜빵을 했다.

하지만!

헛수고였다.

매상 탑은 서 부장에게 돌아갔다. 길모가 분전했지만 딱 50만 원이 모자랐던 것이다.

"우와, 겨우 50만 원……."

종업원들 모두가 혀를 내둘렀다. 양주 한 병 값이 승부를 가른 셈이었다.

[아, 씨…….]

혜수와 홍연 사이에서 결산을 지켜보던 장호가 아쉬움에 못 이겨 머리통을 벅벅 긁었다. 그때 장호 주머니에서 계산서 한 장이 툭 떨어졌다.

"……!"

무심코 집어든 장호는 미친 듯이 방울을 흔들었다.

딸랑딸랑!

"아, 저 새끼는 왜 지랄이야? 누구 약 올리나?"

이 부장이 짜증을 내건 말건 장호는 미친 듯이 수화를 그리고 있었다.

[형, 우리가 일등이에요. 아까 그 개시 손님, 개시 손님 매상을 입금 안 했어요!]

개시 손님!

바로 도도 건설 천 사장이다.

"야, 너 그거 잔머리 아니야?"

이 부장이 각을 세우며 말했다. 하지만 증인이 있었다.

"잔머리 아니다. 아까 내가 오 양하고 출근하면서 봤거든."

"와아아!"

방 사장의 인증에 혜수와 홍연, 승아와 유나가 서로 부둥켜안고 펄펄 뛰었다. 길모, 마침내 매상 킹이 되겠다는 호언장담을 이루었다. 행운을 나누러왔던 천 사장. 그의 보은이 길모를 매상 킹으로 올려놓는 순간이었다.

제4장
광안(狂眼)으로 꿇리다

강북 3대 천황!

그 안에 태산처럼 버티고 있는 서 부장. 길모는 그 산을 넘었다. 아슬아슬했지만 역사적인 날이었다. 일대 사건이었다. 몇 달 전의 길모를 생각하면 기적에 가까운 일이었다.

진상 처리 웨이터 홍길모!

카날리아 매상 톱 홍길모!

느낌부터 다르다. 더구나 단순한 행운으로 얻은 결과도 아니었다. 더구나 길모는 사용하는 룸의 개수도 적었다. 한마디로 손님들의 퀄리티가 높았던 것이다.

더욱 고무되는 점은 길모, 강 부장이나 이 부장처럼 인해전술을 쓰지도 않았다는 것. 막판에 일부 마케팅을 하긴 했지만 그건 통상의 범위에서 살짝 넘어설 정도였다.

결산이 끝나자 길모는 멤버들에게 돌아갈 계산을 끝냈다. 길모에게 돌아온 배당은 총 1억 3,900만 원.

'일단……'

혜수 2,600만 원!

홍연 2,300만 원!

승아 1,400만 원!

유나 1,200만 원!

기타 1,350만 원!

기타는 아가씨가 딸릴 때 부른 비용과 부대 비용이었다. 아가씨 비용은 지명과 매상을 고려해 계산했다. 즉 룸에 들어간 빈도와 그 룸에서 나온 매상을 섞었다. 이렇게 한 후에 아가씨들에게 공개를 했다. 불만은 없었다. 그건 어느 업소보다도 공정한 계산법이기 때문이었다.

이 비용을 다 제하고 나니 5천만 원이 남았다. 그중에서 장호 몫으로 천만 원을 내려놓자 길모에게 떨어지는 건 약 4천만 원이었다.

4,000만 원!

동그라미를 그리는 길모 손이 떨렸다. 이건 순수하게 웨이터로서 벌어들인 돈. 그러니까 길모의 진짜 수입이었다.

물론 관상으로 받은 팁은 이보다 더 많았다. 하지만 그 돈은 한 푼도 남김없이 헤르프메로 보냈다. 관상 재주는 호영에게서 받은 것. 그러니 그가 꿈꾸던 일에 투자해도 하나도 아까울 게 없었다.

눈시울이 뜨거워졌다.

감히 상상이나 하던 수입이었던가? 그저 월 300만 벌어도 소원이 없겠다던 길모였다.

돈은 마법이었다. 100만 원도 못 벌 때는 늘어지던 어깨가 반듯하게 펴졌다. 어떻게 하면 잘 보여서 맥주라도 한 병 더 팔아볼까 비굴하고 구차하던 모습도 사라졌다. 밤을 활보하는 것도 그랬다. 월수 4천만 원. 아니 관상까지 합치면 월수 1억을 넘나드는 홍길모를 누가 괄시할 것인가?

"오늘은 마음대로 먹어라."

길모는 늘 냄새만 먹고 지나치던 정통 한우집으로 멤버들을 데려갔다. 180그램에 8만 원하는 꽃등심을 마음껏 시켰다. 이제부터 펑펑 쓰자는 건 아니었다. 첫 목표를 달성한 데는 멤버들의 도움이 컸던 것. 그 노고를 이렇게라도 풀어주고 싶었다.

"홍길모 사단을 위하여!"

유나가 일어나 잔을 들었다. 잔 드는 힘도 예전과 달라 보였다.

"오빠, 한마디 해야지."

잔을 비운 유나가 길모 등을 밀었다.

"말은 무슨… 쑥스럽게!"

"에이, 그러면 안 되지. 우린 아까 그 감격이 아직도 쩡한데……."

"맞아요!"

유나의 말에 혜수와 홍연도 맞장구를 쳤다.

"알았다. 알았어. 아무튼 못난 나를 믿고 열심히 뛰어준 너희들이 고맙다. 이제 시작이니까 앞으로도 같이 합심해서 다 꿈을 이루자. 가게 하나씩 장만할 때까지!"

"네에!"

멤버들이 입을 모아 대답했다.

"자, 다시 한 번 건배. 우리 홍길모 사단을 위하여!"

유나가 또 한 번 분위기를 띄웠다.

"혜수하고 홍연이는 어때?"

"나는 꿀잼요."

"나도 좋아요. 생각보다 손님들 매너도 좋고 수입도… 히힛!"

혜수에 이어 홍연이 신 나는 미소를 지었다.

"그게 다 길모 오빠 때문이라니까. 다른 아가씨들 알잖아? 에이스 아니면 부장님들이 눈치 줘서 피아노 치다가 하드코어 들어와도 군소리 못 하는 거."

고참 유나가 길모를 거들었다.

"너희도 괜찮지?"

길모는 유나와 승아도 공평하게 챙겼다. 혹시라도 에이스만 편애한다고 섭섭해할까 봐 배려하는 것이다.

물론 텐프로에서 에이스는 절대적. 그럼 다른 아가씨들은 존재감 없어도 될까? 그건 절대 아니다. 에이스를 받쳐 주는 게 바로 아가씨들이다. 에이스들이 돋보이는 것도 아가씨들 때문이다.

세상에는 1등만 필요한 게 아니다. 프로야구가 그렇지 않은 가? 한 팀에 20승짜리 투수 한 명 있다고 우승할 수 없다. 그 아래로 요소요소에 걸맞는 10승, 5승, 심지어는 패전처리 투수까지도 필요한 게 세상이었다.

자글자글!

길모 사단은 행복하게 고기를 구웠다. 행복하게 먹어주셨다. 매상 톱의 즐거움에 멤버들의 단합심이 더해진 탓이었다. 기름이 자르르 흐르는 등심에 소금을 찍으면서, 길모는 헤르프메 이야기도 빠뜨리지 않았다. 룸에서 받은 관상 복채와 더불어 아가씨들이 이따금 보태준 팁을 길모 사단 이름으로 기부한 일. 아가씨들은 좋은 일에 자기 이름이 들어간 걸 기뻐했다.

"자부심 가져라. 우리 팀 이름으로 기부한 돈이 물경 1억 가까우니까."

"와아!"

탄성이 터져 나왔다. 물론 대다수는 길모가 벌어들인 복채였다. 하지만 누가 주축으로 번 돈인가는 중요하지 않았다. 뿌듯함을 나누니 자부심과 함께 결속력이 강해지는 게 좋았다.

기부하는 텐프로의 1번 룸.

이쯤 되면 팁도 칭송받을 만했다.

[오빠! 이거……]

배가 터지게 먹고 밖으로 나오자 승아가 시원한 음료수를 내밀었다.

"언제 사왔냐?"

[먹고 힘내요. 오빠는 우리 짱이니까.]

"짱은 무슨. 다 같이 고생하는데……."

[오빠 덕분에 집으로 돈 많이 보낼 수 있어서 너무 좋아요. 엄마가 무지 기뻐할 거 같아요.]

승아의 눈에는 눈물이 달랑거렸다.

"동생들 아픈 데는?"

[마지막 수술이 남았는데 이제는 하나도 걱정 없어요.]

"다행이다."

길모가 웃었다. 승아도 작은 얼굴 가득 미소를 머금었다. 그 사이로 숯불처럼 뜨끈한 아침 해가 펄펄 솟고 있었다.

*　　　*　　　*

반짝하던 아침 해가 기울면서 비가 퍼붓기 시작했다. 소나기인가 했지만 빗발은 더 굵어졌다. 이른 오후에 일어난 길모는 파쿠르 연습을 나가지 못했다. 비가 오면 담장이나 장애물이 젖는다. 열정적인 청소년들은 이런 와중에도 연습을 하지만 길모는 그런 나이가 아니었다. 그래도 몸이 찌뿌둥해서 벽을 잡고 오르는 흉내를 냈다.

[에에, 그러니까 꼭 고릴라 같은데요?]

장호가 변죽을 울렸다.

"야, 너 이렇게 우아한 고릴라 봤냐?"

길모가 인상을 찡그렸다.

[지금 보고 있잖아요.]

"까분다."

[오늘은 오토바이 타긴 글렀어요.]

"그런 거 같다."

길모의 눈이 창밖으로 향했다. 토닥토닥 내리는 비는 사람을 심난하게 만든다. 비가 오면 왜 마음이 차분하게 가라앉는 걸까?

[형, 우리 탕수육 시켜 먹을까요?]

"탕수육?"

[내가 쏠게요.]

장호는 길모가 대답할 사이도 없이 조기요를 눌러댔다.

딸배는 비를 뚫고 달려왔다.

"야, 너는 비 온다고 오토바이 안 탄다면서 무슨 배달을 시키고 그래?"

물이 줄줄 흐르는 우비를 쓴 딸배를 보니 조금 미안한 생각이 드는 길모.

[그래도 시켜야 해요. 재들 종일 배달 없으면 주인 눈치 보게 된다고요.]

장호는 신경 쓸 거 없다는 듯 랩을 벗겼다.

[형, 찍 먹? 부 먹?]

장호가 소스 그릇을 들고 묻는다.

"찍 먹이 좋지."

[에, 난 부 먹이 좋은데…….]

장호가 아쉬운 표정을 짓길래 길모가 소스를 부어버렸다. 찍먹과 부 먹은 그 느낌이 다르다. 하지만 한 번은 장호를 위해 양보하는 것도 좋을 것 같았다.

[콜 부를게요.]

출근 시간이 가깝자 장호가 핸드폰을 들었다.

"그래라."

길모는 넥타이를 매며 허락을 했다. 그사이에 장호 전화에서 벨소리가 울렸다.

[어, 혜수 누나네요?]

"혜수?"

출근 전의 아가씨 전화는 반갑지 않다. 통상적인 경험에 의하면 대개 유고를 알리는 전화다.

'오늘 아파서 못 가요.'

'집에 일이 있어서 쉬어야겠어요.'

주로 이런 식이다.

하지만 길모의 예상은 완전 빗나가 버렸다.

[미용실인데요, 홍연이 하고 여기로 온다고 기다리라는데요?]

"여기로 왜?"

[비 오니까 우리 태워간다고…….]

"…캑?"

길모, 돌방 상황에 놀라 넥타이를 너무 조여 버렸다.

모범택시는 이내 도착했다. 혜수는 차에서 내려 길모와 장호를 맞이했다.

"뭐 하러 이렇게 고생을 해? 우리가 가면 될걸……."

"비 오잖아요? 관상왕이 비 쫄딱 맞으며 출근하면 되겠어요?"

혜수가 방긋 웃으며 대답했다.

조수석에 앉은 길모의 마음에서 따뜻한 김이 모락모락 피어올랐다. 생고생을 해가며, 비웃음을 사가며 스카웃한 혜수와 홍연. 이제 와서 생각해도 정말 잘한 선택 같았다.

택시는 만복약국 앞에서 섰다.

이번에도 혜수가 내려 우산을 받쳐 주었다.

"부장님 여기 늘 들르죠? 다 알고 있어요."

혜수가 웃는다. 길모는 허튼소리 한마디 못 하고 약국 문을 열었다. 혜수와 홍연도 따라 들어왔다.

'허얼!'

길모, 왠지 모르게 얼굴이 뜨거워졌다. 인물이나 몸매로는 류 약사보다 한 수 위라고 해야 할 에이스들. 그녀들을 거느리고 약국에 들어서니 기분이 묘했다.

"아이고, 여왕님들이 오셨네."

반색하는 건 마 약사뿐이다. 류 약사는 주섬주섬 음료수를 챙겨 계산대 위에 올려놓았다. 그러고는 조제실 안으로 들어가 버렸다. 그녀의 표정은 비 내리는 하늘을 닮아 있다. 의도치 않게 '자극'이 되어버린 모양이었다.

'뭐 나쁘지 않지.'

길모는 휘파람을 불며 돌아섰다. 에이스들의 착한 마음을 탓할 상황이 아니기 때문이었다.

1번 룸의 첫 테이프는 장덕순이 끊었다. 그녀는 오늘도 권 이사를 술상무로 달고 왔다. 바깥 날씨와는 달리 기분은 좋아보였다.

"고마워서 인사하러 왔어요."

그녀가 웃었다.

항공기 서비스 사건은 마무리가 되었다고 한다. 아들을 검찰에 자진 출두를 시키고 회사에서 퇴직시켰다. 나아가 변호사조차 붙이지 않고 일벌백계를 천명하자 여론은 더 이상 그녀를 족치지 못했다. 항공기 회사의 노조도 마찬가지였다. 특권 의식이 없는 새 주인. 그러니 그들도 협조적인 태도가 되었단다.

"진작 온다는 게 인수 작업에 시간이 좀 걸렸어요."

"잊지 않고 오신 것만으로 감사합니다."

길모는 가벼운 목례로 답했다.

"아무튼 대단하네. 그 얼마 전에 외국에서도 유사한 사례가 있었는데 그 회사는 속된 말로 개박살이 났어. 우리가 처음에 생각하던 은폐와 방어로 일관하다 말일세."

권 이사가 보충 설명에 나섰다.

"여론도 들끓고 시민단체들도 아우성이더군. 자칫 홍 부장을 만나지 못했더라면 우리도… 아찔하네."

"제 덕이 아니고 장 사장님 복이십니다."

"내 복?"

길모가 공을 돌리자 장덕순이 고개를 들었다.

"다른 관상도 그렇지만 귀가 일품 아니십니까? 자식궁에 든 액운은 잘 막으셨으니 토귀(土耳)의 덕이 위세를 떨칠 것으로 보입니다.

토귀!

이 귀는 원만한 모양으로 두툼하고 불그스레 윤택이 나는 귀를 말한다. 이런 귀를 가진 사람은 부모 형제 덕이 많고 부귀를 이루며 높은 직함에 올라 영화를 누릴 상이다.

"저런, 그렇잖아도 어릴 때부터 귀 예쁘다는 말은 많이 들었는데……."

"그, 그럼 내 귀는 어떤가?"

권 이사가 끼어들었다.

'기자귀……'

권 이사의 귀는 기자귀(棋子耳)였다. 이 귀 역시 외형은 둥그스름하고 원만하여 토귀와 유사해 보인다. 하지만 토귀에 비해서 약간 늘어진 듯한 형상이다. 이 귀 역시 자수성가하여 재물을 모으고 중년 이후로 부귀를 누릴 상이다.

"토귀에는 살짝 미치지 못하지만 썩 좋은 길상입니다. 중년 이후로 큰 근심걱정 없이 운을 누리실 상입니다."

"아이쿠, 좋은 말을 들었으니 복채를 내야겠군."

권 이사는 지갑을 열어 100만 원을 꺼내놓았다.

"테이블은 뭘로 세팅해 드릴까요?"

길모가 본론에 들어갔다.

"관상박사 마음대로 하시게. 어차피 계산은 우리 사장님이 하실 테니까."

"그럼 와인으로 드려도 되겠습니까?"

"그래줘요."

장덕순은 흔쾌히 수락을 했다.

"관상에 관심이 많으시니 제 제자를 동석시키겠습니다. 아직 개안(開眼)하지 못해 큰 맥은 보지 못하지만 소소한 것들은 문제가 없으니 재미 삼아 말이나 맞추시기 바랍니다."

길모는 조르쥬 루미에 뮈지니 그랑 크뤼를 세팅하며 혜수를 앉혀주었다. 이름이 어려운 만큼 가격도 쏠쏠한 와인이었다.

길모의 손님이 세 테이블에 이르는 동안, 강 부장과 이 부장은 겨우 개시를 끊었다. 마감 때 오버한 부작용 때문이었다. 한 달에 나눠 올 손님을 일주일 만에 불러들인 탓이었다.

강 부장과 이 부장의 눈이 전화기에서 떨어지지 않을 때 섬뜩한 손님이 찾아들었다.

"방 사장님 계신가?"

두 명의 보디가드를 달고 들어선 사람은 길모의 눈에 익었다.

"사무실에 계십니다만……."

승만이가 대답했다.

"가서 염홍대가 왔다고 전하시게."

'염홍대?'

이름이 나오는 순간 길모의 솜털이 중력의 법칙을 어기고 우수수 허공으로 치솟았다.

"염홍대?"

그가 사무실로 가자 강 부장과 이 부장 역시 눈을 휘둥그레 떴다.

"염홍대면 그 사람이잖아?"

"맞아? 그……"

두 부장의 목소리가 떨리기 시작했다.

염홍대… 그였다. 4년 전, 상대 파를 쓸어버리고 검찰에 검거된 홍대파의 보스…….

[으악, 엊그제 출소했어요.]

검색을 한 장호의 수화가 허공에서 몸서리를 쳤다.

"여긴 왜 온 거지?"

"그러게나. 설마 술 마시러 온 건 아니겠지?"

두 부장 역시 몸서리를 쳤지만 그 예감은 빗나가지 않았다. 불안한 공기를 뚫고 사무실 문 열리는 소리가 들린 것이다.

척!

복도로 나온 사람은 방 사장이었다. 그는 길모 쪽으로 다가와 묵직하게 입을 열었다.

"지금 어느 룸이 비어 있지?"

"……!"

강 부장과 이 부장의 눈빛이 격하게 출렁거렸다.

"저, 저는 예약이 꽉 찼습니다."

이 부장이 먼저 빠져나갔다.

"저도 곧 손님이 오실 거라서……."

강 부장도 꼬리를 사렸다. 당연하게도, 방 사장의 눈이 길모에게 다가왔다.

"내가 보증하마. 부탁한다."

방 사장의 눈에는 비장미가 엿보였다. 잔혹하기로 이름난 염홍대. 방 사장과는 안면이 있는 사이다. 한때 둘은 주류유통업 동업을 하기도 했다. 그런 그가 찾아왔다. 그냥 보낼 수 없는 사람. 하지만 누구도 반가워할 손님이 아니었다.

"사장님……."

길모 또한 쉽사리 오케이 하지 않았다. 그의 악명을 잘 알고 있지 않은가? 강남에서는 아가씨가 싸가지 없다고 패서 얼굴을 함몰시키고 이빨을 여덟 개나 날려 버린 적도 있었다.

"몇 년 썩고 나왔어. 이틀 만에 다시 사고치지는 않을 거야."

"……."

"부탁한다."

비장한 음성이 한 번 더 이어졌다.

"좋습니다. 대신 조건이 있습니다."

"조건?"

"만약 룸에서 사고가 나면 사장님이 전부 책임지십시오."

"후우!"

"그리고 경찰을 불러야 하는 사태가 생기면 그것도 사장님이 하십시오."

"……."

"아니면 저도 못 받습니다."

"알았다."

잠시 생각하던 방 사장이 고개를 끄덕거렸다.

"이 부장님, 강 부장님!"

길모는 방 사장을 옆에 둔 채 두 부장을 불렀다.

"왜? 왜? 우리 지금 바쁜데……."

두 부장은 괜히 핸드폰을 만지며 부산을 떨었다. 속이 훤히 보였지만, 길모는 할 말을 했다.

"에이스 초이스합니다. 에이스들 불러주세요!"

"에, 에이스 초이스?"

두 부장의 눈에서 흰자위가 희번덕거렸다. 원래 길모는 다른 부장들의 룸에 팀을 보내주기는 했지만 자기 룸에는 초이스를 즐기지 않았다. 그런데 오늘은 시작이 달랐다.

두 부장은 내키지 않았다. 자칫 자기들의 에이스가 초이스되면? 그리고 사고라도 나면?

그건 몸을 사린 그들이 원하는 게 결코 아니었다.

그러나 도리가 없었다. 그건 그들이 주동해서 만든 카날리아의 법. 더구나 옆에는 방 사장이 버티고 섰지 않은가?

결국 카날리아의 모든 아가씨들이 1번 룸에 들어서게 되었다.

민선아, 채은서, 안지영, 써니, 윤창해, 성아란, 그리고 혜수와 홍연을 위시해 지수, 윤미, 수애, 승아, 유나 등의 아가씨들까지 총출동이었다.

염홍대!

소파의 끝에 비스듬히 기대앉은 그의 눈이 살모사의 그것처럼 번득거리기 시작했다.

"젠장할, 사람 미치겠네."

복도의 이 부장이 마른침을 넘겼다. 그 옆에 있는 다른 부장들과 보조들도 긴장감을 감추지 못했다. 그중에서도 가장 안달이 난 게 이 부장이었다.

'창해……'

이 부장은 피가 말라갔다. 최근 들어 까칠해진 창해. 만약 그녀가 초이스 되었다가 염홍대의 성깔을 건드리기라도 하면?

"우워어!"

이 부장은 고개를 저었다. 그야말로 독박에 다름 아니다. 얼굴에 작은 상처만 나도 열흘은 개점휴업을 해야 하는 것이다.

따라라땡땡!

그때 병태의 핸드폰이 울렸다. 이 부장은 눈을 부라리며 병태를 윽박질렀다.

"그만해. 이 부장만 에이스 투입한 거 아니잖아?"

보다 못한 서 부장이 한마디를 날렸다.

"누가 뭐랍니까? 나올 때가 되었는데 안 나오니까……."

이 부장이 구시렁거릴 때 1번 룸이 열렸다. 하지만 나온 사람은 장호였다.

"야, 누가 초이스됐냐?"

이 부장이 장호를 잡아 세웠다.

[아직이에요.]

"설마 저 새끼, 애들 전부 홀랑 벗기는 건 아니지?"

[벗기긴 했어요.]

"엥?"

이 부장이 눈알을 뒤집었다. 그 말에는 서 부장과 강 부장도 반응을 해왔다.

"전부 다?"

강 부장이 물었다.

[다는 아니고 바지 입은 애들요. 기본을 쌈싸먹었다고…….]

"후우!"

이 부장이 한숨을 쉬었다. 바지를 입은 애들이라면 목화와 지수였으니 에이스는 아닌 것이다.

"나, 나와요!"

이 부장의 애간장이 녹을 때 승만이가 룸을 가리켰다. 아가씨들이 줄 지어 나오고 있었다. 맨 처음으로 민선아가 나왔다. 안지영도 나왔다. 그리고 이 부장이 기다리던 창해와 은서, 써니 등도 나왔다.

"……?"

마지막으로 승아가 나오자 이 부장의 눈이 승만이에게 향했다.

"야, 그럼 안에 누가 남은 거냐?"

"혜수 누나하고 홍연이… 유나?"

"엥?"

이 부장이 미간을 찡그렸다. 셋은 모두 길모 사단 소속이었다. 이유는 물수건을 들여놓고 나오던 장호가 설명을 했다.

[길모 형이 총대 멨으니까 똥줄 안 타서도 돼요.]

"야, 이 자식이 뭐라냐?"

아직도 수화에 익숙하지 않은 이 부장이 승만이에게 물었다.

"홍 부장님이 총대 멨다고 똥줄……."

승만이는 차마 뒷말까지 번역하지는 못했다. 하지만 상황은 눈치챈 서 부장은 쿡 하고 웃음을 삼켰다.

"총대? 무슨 총대?"

"기왕 1번 룸에 오셨으니 자기 추천대로 노시면 후회 없을 거라고……."

"……?"

다시 번역을 받은 이 부장이 얼굴이 묘하게 변해갔다. 뜻밖의 일이니 황당하다는 표정이었다.

"역시 홍 부장이군."

서 부장은 민선아와 은서의 등을 밀며 7번 룸으로 향했다.

"역시는 무슨… 다 지 매상 올리려는 수작이지."

길모에게 공식 1등 자리를 내주고 배알이 뒤틀린 이 부장. 1번 룸을 향해 콧방귀를 날리고는 돌아섰다. 장호는 그 뒤통수에 대고 주먹감자를 큼지막하게 날려주었다.

염홍대!

그는 홍연을 옆에 앉혔다. 혜수와 유나는 두 보디가드 옆에 끼웠다. 자리가 정돈되자 염홍대가 길모를 바라보았다.

"네가 관상 좀 본다고?"

목소리에도 살기가 붙어 있다. 길모는 그의 관상을 보지 않았다. 스쳐 갈 손님이라면 그저 주문을 받고 아가씨들을 보호하면 그만이었다.

"그냥 흉내나 내는 정도입니다."

"그럼 방 사장이 거짓말을 했나?"

염홍대가 슬쩍 태클을 걸며 담배를 물었다. 그러자 장발의 보디가드가 라이터를 디밀었다.

"술집까지 와서?"

염홍대의 목에서 쉿소리가 새어 나왔다. 그 눈치를 차린 홍연이 라이터를 받아 불을 당겨주었다.

"너도 피우고 싶으면 빨아라. 큰집에서는 이놈의 강아지가 여자 가랑이보다 땡긴단 말이지."

염홍대가 홍연의 얼굴에 연기를 뿜었다.

"야, 형님 말 못 알아듣냐?"

이번에는 피어싱을 주렁주렁 단 보디가드가 홍연을 향해 이죽거렸다. 홍연은 방긋 미소로 때웠다.

"에이, 쌍. 이것들이 장사 한두 번 하나?"

발끈한 피어싱이 따귀를 날릴 듯 일어섰다.

"그냥 둬라. 날 새려면 멀었다."

염홍대가 히죽 이빨을 드러내며 피어싱을 제지했다.

'제대로 걸렸군.'

테이블 앞에 선 길모는 몰래 고개를 저었다. 팀워크를 살려 부드럽게 넘어가고 싶던 소망이 위태로운 지경에 처한 것이다.

"뭐하냐? 술 안 가져오고."

장발이 길모를 바라보았다.

"뭘로 세팅해 드릴까요?"

"너 꼴리는 대로!"

"……."

"안 꼴리냐?"

"세팅해 드리겠습니다."

길모는 인사를 남기고 복도로 나왔다.

"별일 없지?"

걱정이 되었는지 방 사장이 다가와 물었다.

"없어야죠."

"일단 술부터 먹여라. 취하면 얼른 보내자고!"

좋은 전략은 아니었다. 하지만 술집에 왔으니 술을 먹이는 건 피할 수 없는 일이었다. 길모는 주류창고 문을 열었다.

'주먹들은…….'

발렌타인 30년을 집었다. 주먹들이 선호하는 술이었다. 그걸 들고 나오는데 바로 1번 룸에서 비명이 울렸다.

"까악!"

복도 앞에 대기 중이던 장호가 문을 열자 물잔이 날아왔다.

픽!

물잔은 장호 머리 위의 벽을 맞추며 산산조각이 났다. 길모는 숨을 가다듬고 태연히 들어섰다. 룸 안은 금세 엉망이 되어 있었다. 엎어진 물병과 각종 잔들이 파편처럼 보였다.

'혜수······.'

머리가 헝클어진 사람은 혜수였다. 그렇다면 비명도 누가 질렀는지 알 것 같았다.

"야, 너 애들 교육 똑 바로 못 시켜? 빤쓰 색깔 좀 보자는데 뭐가 문제야?"

범인은 피어싱이었다. 놈은 핏발이 곤두선 눈알을 부라리며 길모를 윽박질렀다.

"손님, 진정하시죠!"

길모는 목소리를 깔았다. 보아하니 서비스 정신으로 대할 인간들은 아니었다.

"손님? 이 새끼가 눈깔이 뒤집혔나?"

"까악!"

피어싱이 손을 날리자 홍연과 유나가 동시에 비명을 질렀다. 하지만 길모는 맞지 않았다. 허공에서 그 손목을 낚아챈 것이다.

"이러지 마십시오!"

"어쭈!"

"검푸른 간문이라 일주일 전에 애인과 이별을 했군요. 하지만 그건 스스로 부른 이별인 것을 왜 여기와서 분풀이를 하시는

겁니까?'

"……?"

"안 그렇습니까? 염 사장님!"

길모는 손목을 놓으며 염홍대를 향해 슬쩍 고개를 숙였다.

"……."

"……."

한순간 룸은 정적에 휩싸였다. 염홍대가 가타부타 말을 않은 것이다. 길모를 쏘아보던 그는 피어싱을 향해 시선을 돌렸다.

"저놈 말이 맞냐?"

"예?"

"저놈 말이 맞냐고?"

염홍대의 목소리가 미친 듯이 높아졌다.

"예? 예……."

혼비백산한 피어싱이 벌떡 일어나 허리를 반으로 접었다.

"호오, 개발 관상 실력은 아니로구나?"

염홍대의 눈가에 살광이 스쳐 갔다.

'아뿔싸!'

본의 아니게 그걸 보게 된 길모는 탄식을 토해냈다. 그의 관상에서 오늘밤의 피보라가 감지된 것이다.

피보라!

이미 피를 보고 왔다. 처음에는 작은 한 방울. 거기서 잠시 끊어지지만 다시 이어질 수 있다. 그러나 이어지는 선은 불명확하다. 그의 얼굴이 워낙 거무튀튀했기 때문이었다.

"어이구, 술 들어왔군?"

소란을 들은 방 사장이 룸으로 들어왔다. 상황을 확인하려는 모양이었다.

"뭐 더 필요한 거 없으신가?"

방 사장이 조심스럽게 물었다. 그로서도 녹록치 않은 염홍대. 어떻게든 기분 상하지 않게 먹여서 보내야 할 사람이었다.

"보다시피 진시황 부럽지 않은 대접을 받고 있소이다. 걱정 말고 가서 사업이나 하시오."

염홍대는 방 사장을 밀어내 버렸다.

"받아라!"

방 사장이 나가자 염홍대가 길모에게 술잔을 건넸다.

"내 관상은 어떠냐?"

술이 넘치도록 따른 염홍대가 물었다.

"……."

"야, 이 새끼야. 형님이 물으시잖아?"

잠시 눌려 있던 피어싱의 충성심이 다시 살아났다.

"셧 업!"

염홍대가 피어싱의 입을 막아버렸다.

"고진감래(苦盡甘來)입니다."

길모는 한마디로 대답했다.

"고진감래?"

"인내는 쓰나 그 열매는 달다는 말이지요. 이미 그걸 만끽하고 계시지 않습니까?"

"큰집과 여기 공기의 차이 말인가?"

"세 가지 의미로 말씀드렸습니다."

"세 가지나?"

염홍대가 다리를 꼬며 눈빛을 세웠다.

"첫째는 사장님 말씀대로고 둘째는 지금 이 순간입니다. 사장님은 오늘 밤 인내로 내일을 맞이해야 합니다. 아니면 내일 사장님이 숨 쉬는 곳의 공기가 달라질 수 있습니다."

길모의 말에 장발과 피어싱이 발끈했지만 입을 열지는 못했다. 염홍대의 엄명 덕분이었다.

"공기가 달라진다?"

"마지막으로 세 번째, 미래에도 마찬가지입니다. 인내하지 않으시면 달라진 공기가 바뀌지 않을 것입니다."

"인내라……"

염홍대가 팔뚝을 걷었다. 그러자 잉크로 서툴게 찍어놓은 문신이 보였다. 하트에 꽂힌 화살과 하트 안에 쓰여진 한문, 忍耐(인내)!

"그런데 말이야 그런 소리는 지나가는 개도 짖을 수 있지 않을까?"

염홍대가 음산한 미소로 길모를 바라보았다.

'이 인간… 폭발할 순간을 찾고 있다.'

길모는 염홍대의 속셈을 알았다. 그는 지금 뭔가 빌미로 삼을 만한 꺼리를 찾고 있었다.

그렇다면 역이용!

"그럼 궁금한 걸 말해보십시오. 그걸 맞춰드리죠."

길모의 승부수가 날아갔다.

"뭐라? 궁금한 거?"

염홍대는 코웃음을 쳤다. 그래도 길모는 끄떡하지 않았다. 여기는 1번 룸. 1번 룸의 왕은 길모였던 것이다.

"오냐, 그렇다면 내가 자식이 몇인지 맞춰보거라."

염홍대가 음산하게 묻자,

"그건 길바닥의 관상가들에게 물어볼 일이지 내가 대답할 수준이 아닙니다. 다른 걸로 하십시오."

길모가 단박에 대답을 했다.

"왜? 자신이 없나?"

"너무 시시해서 그러는 것뿐입니다."

길모는 염홍대의 시선을 피하지 않았다. 이미 후끈 달아올라 버린 길모. 이제는 거칠 것도 없었다.

"그냥 대답해!"

"정 원하시면 상팔자입니다."

길모는 한마디로 대답했다. 무자식이 상팔자. 그러니 염홍대에게는 자식이 없다는 말이었다.

"오호, 제법이구나. 뭘 보고 알았지?"

"자녀궁인 와잠이 말라 비틀어졌지 않습니까? 게다가 금이 쩌억 갔으니 어찌 후손이 있으리오. 물이 없으니 씨를 뿌려도 소용이 없을 터."

길모는 눈 아래의 애교살 부분을 짚으며 설명했다.

"흐음, 완전 사기꾼은 아니로군."

"원하시면 한 판 더 진행해도 상관없습니다. 아니, 밤 새워서라도 봐드리죠."

길모는 싸아한 안광을 거두지 않았다. 기왕 시작한 일, 끝장을 볼 생각이었다.

하지만!

길모의 안광은 거기서 접혔다. 복도에서 들려온 소란 때문이었다.

"뭐야?"

염홍대가 빈정거릴 때 1번 룸의 문이 왈칵 열렸다.

"……?"

룸 안의 사람들이나 복도의 사람들이나 예외 없이 눈자위가 뒤집어졌다. 복도를 점령한 또 다른 주먹들 때문이었다.

"너, 서강국?"

염홍대가 눈살을 찌푸렸다. 그와 동시에 피어싱과 장발도 전투태세에 임하고 있었다.

"한잔 즐기시는 모양인데 실례 좀 하겠습니다."

염홍대에 이어 등장한 또 한 명의 살벌한 인물, 서강국. 그는 칼날 같은 살기를 뿜으며 룸으로 들어섰다. 방 사장이 뒤에서 그의 양복 깃을 잡았지만 부질없는 짓이었다. 그 뒤로 여섯 명의 주먹이 도열했다. 카날리아에는 아까보다 더한 살광이 휘몰아치기 시작했다.

"난 초대한 적이 없는데?"

염홍대는 여유를 부리며 술잔을 들었다. 길모는 보았다. 꼬았던 그의 다리가 바로 내려간 걸. 여차하면 바로 뛰어 올라 격전을 벌이겠다는 의미였다.

"살다보면 예외가 있는 법 아닙니까?"

서강국이 지척까지 다가섰다. 장발과 피어싱은 숨도 쉬지 않았다. 서강국에게 꽂힌 눈에 핏발이 곤두설 뿐.

"누가 이 룸 담당인가?"

일촉즉발의 순간에 서강국이 물었다.

"접니다만⋯⋯."

"미안하지만 합석 좀 하겠네. 저기 염 사장님이 마시는 것과 똑같은 걸로 부탁하네."

그 말을 던진 서강국은 장발을 지나쳐 자리에 앉았다. 염홍대의 맞은편 자리로 유나의 옆이었다. 놀란 유나가 일어서려 하자 혜수가 그녀를 눌러앉혔다. 자칫하면 위태로운 평행을 깰 수 있었기 때문이었다.

길모는 방 사장을 보았다. 그의 얼굴은 얼음처럼 굳어 있다. 보아하니 그가 통제할 수 있는 상황을 벗어난 일이었다.

"장호야!"

길모는 문 앞에 선 장호를 불렀다. 그리고 침착하게 뒷말을 이었다.

"세팅해 드려라!"

"방 사장, 거기가 원래 자리입니까? 바람 들어오니 문 좀 달으시지요."

술이 세팅되자 서강국이 방 사장을 밀어냈다. 장발과 피어싱이 염홍대 쪽으로 가서 서자 서강국의 주먹들이 반대편에 포진했다. 장호는, 쟁반을 든 채 문 앞에 서 있었다.

"나도 한 잔 주겠나?"

서강국이 술잔을 내밀자 유나가 술병을 들었다. 하지만 그 손은 사시나무처럼 떨고 있어 따르지 못했다.

"제가 올리겠습니다."

혜수가 바로 구원투수로 나서서 잔을 채웠다.

"자, 우선 출감을 축하드립니다."

서강국이 잔을 들었다.

"기대 이상인데?"

염홍대가 잔을 내밀자 홍연이 그 잔을 채워주었다. 둘은 허공에서 잔을 마주하고 원샷으로 술을 넘겼다.

"나오자마자 찾아뵈어야 했는데 결례가 많았습니다."

서강국의 말이 이어졌다. 그때마다 그 뾰족한 말끝이 길모의 귀를 긁어댔다.

"알긴 아는군."

받아치는 염홍대의 목소리에도 씨가 들어 있다.

"엊그제 우리 애들을 지도해 준 일은 고맙습니다."

"자네도 전에 우리 애들을 자주 지도하지 않았나?"

말은 나직하지만 듣고 보면 완전 난타전이다. 서로 총알 없는 총을 쏘아대고 있는 것이다.

"그러니 이제 그만 정리합시다!"

"정리라면 원래 주인 것을 돌려주겠다는 건가?"

"시대는 바뀌는 법입니다. 원래 그곳의 맹주는 노한욱 형님 이었으니까요."

"감히 내 앞에서 큰형님 이름을!"

별안간 눈빛이 변한 염홍대가 테이블을 내려쳤다. 그러자 서 강국이 나이프를 꺼내 테이블에 박았다. 그에 질세라 염홍대도 장발이 넘겨준 나이프를 잡더니 그 옆에다 박았다. 둘 다 눈 깜짝할 사이에 일어난 일이었다.

순간!

챙!

맥주병 깨지는 소리가 위태로운 침묵을 박살내 버렸다.

"C8 놈들!"

염홍대의 피어싱이었다.

"까악!"

결국 홍연과 유나가 비명을 지르고 말았다.

"주둥이 닥쳐!"

후끈 달아오른 피어싱이 맥주병날을 홍연에게 겨누었다. 길모의 발이 바람을 가른 게 그때였다. 그 또한 눈 깜짝할 사이였다. 피어싱의 손에 들린 맥주병이 날아간 것이다.

"이 새끼가 뒤지려고 환장을 했나?"

뜻밖의 상황에 눈알을 부라리는 피어싱. 그는 본능적으로 나이프를 꺼내 들었다.

"까악!"

다시 한 번 홍연의 비명이 자지러졌다.

"죄송하지만 자위권을 써도 되겠습니까?"

길모, 유나를 막아선 채 염홍대에게 물었다.

"뭐라?"

"손님이 너무 흥분한 거 같으니 혹시라도 폭력을 쓰시면 아가씨들을 보호하기 위해 부득 자위권을 쓰겠습니다."

그사이에 홍연의 눈빛이 장호에게 닿았다.

경찰, 경찰!

홍연은 그렇게 말했지만 장호는 경찰을 부르는 대신 침착하게 문자를 찍어 보여주었다.

[그냥 가만히 있어.]

"미친!"

자존심을 구긴 피어싱이 기어이 길모에게 위세를 과시했다.

퍼억!

둔탁한 마찰음과 함께 거꾸러진 건 피어싱이었다.

"1주 진단 나올 겁니다. 죄송합니다."

길모는 의젓하게 버티고 서서 말했다. 어느 틈에 피어싱의 복부에 니킥을 꽂았던 것이다.

"개쉑!"

광분한 피어싱이 다시 길모를 덮쳤다. 장호는 눈을 똑바로 뜨고 그 광경을 바라보았다.

길모는 선공하지 않는다. 그러나 당하지도 않는다. 어쩌면…

장호는 불손한 상상까지 불러왔다. 이들 전부와 길모가 맞짱을 뜬다면?

승패는 알 수 없다. 하지만 장호는 믿었다. 길모가 당하지는 않을 거라고.

퍼억!

이번에도 소리는 같았다. 풍경도 같았다. 그 자리에서 명치를 싸잡고 무너진 건 피어싱이었다. 다만 부작용이 생겼다. 피어싱이 팔을 휘적이는 통에 손에 든 나이프가 서강국의 주먹 옆구리를 긁은 것이다.

"이런 썅!"

팽팽한 기세의 대결로 평행을 유지하던 그들. 주먹도 서강국을 의식해 길모에게 주먹을 날렸다.

퍼억!

한 번 더 룸 안에 소음이 울려 퍼졌다.

"앞의 분은 2주로 늘어났습니다. 그리고 뒤에 분도 느닷없는 일이라 2주 진단이… 죄송합니다."

"……!"

염홍대의 미간이 일그러졌다. 서강국도 놀라기는 마찬가지였다. 웨이터의 몸놀림이 예사롭지 않았던 것이다.

"대화가 길어질 것 같으니 아가씨들은 잠깐 내보겠습니다."

길모가 손님들의 양해를 구했다. 염홍대와 서강국은 입을 열지 않았다. 길모는 장호에게 눈짓을 보냈다. 그제야 장호가 아가씨들을 내보냈다.

룸 안의 살기는 더욱 고조되었다. 피어싱은 염홍대의 지시를 기다리고 있다. 배를 움켜쥔 주먹도 마찬가지다. 지시만 떨어지면 피 튀는 혈전이 벌어질 판이었다. 이제는, 길모까지 포함해서!

'호영⋯⋯.'

위태로운 순간, 길모는 간절한 이름 하나를 떠올렸다. 이 상태로 두 주먹이 충돌하면 카날리아는 대혼란에 빠지게 된다. 경찰, 검찰이 출동하면 카날리아도 덤으로 역풍을 맞기 십상이었다.

출감 조폭 텐프로에서 나와바리 혈투!

이런 기사가 나간다면 카날리아는 죄 없이 비난의 대상이 된다. 한마디로 흥미와 분위기에 묻어가는 것이다.

'도와다오. 내가 이 난국을 헤쳐갈 수 있게… 파타야의 그 어두운 바다에서 살아난 것처럼!'

길모는 통절하게 집중했다. 지금이야말로 주먹이 아니라 관상왕의 위력을 보여줘야 할 때였다.

호―! 영―!

길모의 목을 떠난 이름은 허공에서 부서졌다. 놀랍게도 그게 출발이었다.

'윽!'

느닷없이 길모는 느닷없이 눈덩이가 뜨끈해지는 걸 느꼈다.

용암이라도 들어온 것 같았다. 그 뜨거운 고통은 광대한 폭발로 변했다.

퍼엉! 퍼엉!

눈 안에서 소리 없는 폭음이 일었다. 동시에 어마어마한 두려움이 따라왔다. 이 고통… 낯익었다. 바로 파타야의 바다에서 만난 그 고통! 놀랍게도 파타야에서 호영의 눈이 치고 들어오던 그 순간의 충격이 길모 안에서 그대로 재현되고 있었다.

'우어어!'

길모는 오른쪽 눈을 싸잡고 머리를 흔들었다.

부작용인가? 하필이면 왜 이때에? 자칫하면 1번 룸에서 칼부림이 날 타이밍에?

다행히 짧고 깊었던 통증은 서서히 가셨다. 길모는 눈덩이를 쥐었던 손을 천천히 놓았다.

"으헉!"

마침 길모를 바라본 장발이 눈을 홀렁 뒤집으며 뒷걸음질을 쳤다. 뒤이어 피어싱도 그랬다. 돌연한 상황에 염홍대와 서강국도 길모를 바라보았다.

"……!"

두 사람 역시 미친 듯이 흔들렸다.

한없이 맑은 별빛에 훨훨 불이 붙은 눈.

광안(狂眼)!

한마디로 그렇게밖에 표현할 수 없는 눈이 길모의 얼굴에서 불타고 있었다. 룸의 조명 따위는 단숨에 압도해 버리는 광기.

그건 주먹들이 빚어놓은 살벌함조차 비교할 것이 아니었다.

"우!"

서강국의 주먹들도 무리지어 흔들렸다.

길모는 그 시선으로 염홍대와 서강국을 쏘아보았다. 그건 차라리 하나의 광기였다. 신기와 신묘가 형언할 수 없이 어우러지는 길모의 눈빛. 압도적인 빛이 룸을 완전히 제압하고 있었다.

[형…….]

문 앞의 장호는 까무러치는 의식을 세우며 길모를 집중했다. 숨조차 쉬지 못하면서.

"여기서 피를 보면 너희의 혈족 모두 씨가 마르리니!"

길모의 입에서 아련한 쉿소리가 새어 나왔다. 그 소리는 주먹들의 뇌를 옭아매고 뼈를 흔들었다. 산 자와 죽은 자의 목소리가 뒤섞인 공포와 절망, 그러면서 위엄에 가득한 음성. 그 공포에 몇몇 주먹들은 선 채로 오줌을 지려댔다.

"염홍대… 여기는 나의 성전. 허락되지 않은 피는 금하노니 어기면 그대의 부모가 오늘 밤 안에 세상을 떠나는 것으로 횡액이 시작되리니."

"……?"

"의심하느냐? 그렇다면 곧 증거를 보일 것이다."

디라당당!

길모의 말이 끝나기 전에 염홍대의 전화기가 울렸다.

"형님!"

뒤쪽의 장발이 전화기를 가리켰다. 몸이 얼어붙은 듯 염홍대는 부자연스럽게 전화기를 들었다. 그리고 바로 얼어붙어 버렸다.

툭!

전화기가 그대로 바닥에 떨어졌다. 거기서 흘러나오는 119 구조대의 목소리는 룸 안의 모두에게 들렸다.

―여보세요, 염홍대 씨. 부모님이 밤길에 경운기를 타고 귀가하다 교통사고가 났습니다. 지금 위독하시니까 빨리 좀 내려와 주세요!

"그리고 서강국!"

길모의 시퍼런 눈이, 이번에는 서강국에게 옮겨갔다.

"네 또한 관상을 보아하니 좁은 이마에 코가 선 이리의 몸, 까치독사의 머리라. 네 영달을 위해 타인의 살점 도려내기는 밥 먹듯이 한 사악한 상이라. 그럼에도 제 자식 잘되기는 바라 입신양명의 고시를 보고 있으니 헛되도다. 네 자식을 위해, 하다 못해 방생의 덕이라도 쌓아야 할 시간에 칼부림을 하러 왔단 말이냐? 네 관골에 붉은빛이 번진 걸 보니 필시 누가 너를 음해하여 재물을 거덜 내고 있으니 그걸 오해하여 조바심을 내고 있구나. 하지만 번지수가 틀렸다. 너를 음해한 자는 지금 네 마누라를 안고 뒹굴고 있을 것이니 여기서 노닥거릴 때가 아니지 않느냐?"

"……?"

길모의 말은 서강국의 뼈마디를 치고 들어갔다. 그의 아들은 머잖아 행정고시를 볼 몸. 게다가 득달같이 염홍대를 찾아온 이

유까지 신묘하게 짚어내니 말문이 막힌 것이다.

"오라? 너희들이 끝까지 엉덩이를 붙이고 있음은 끝내 집안 사단이 나봐야 알겠다?'

길모가 한 번 더 광기를 뿜어대자 염홍대가 먼저 자리를 털고 일어섰다.

"서강국, 나중에 보자."

염홍대는 길모를 스쳐 갔다. 혼자 남은 서강국 역시 바로 자리를 박차고 나섰다. 하지만 그는 문 앞에서 길모를 향해 고개를 돌렸다.

"그래서… 내 아들이 붙는다는 거냐? 떨어진다는 거냐?'

서강국이 물었다. 후끈 달아오른 몸으로도 길모는 놓치지 않았다. 그의 눈에 붉은빛이 서리고 관골이 타고 있다는 걸. 그건 자식 걱정을 한다는 반증이었다.

"그렇게 걱정이 되면 예를 갖추고 와서 정식으로 물어볼 일!'

길모는 왕의 위엄으로 답했다. 마지못해 침을 넘긴 서강국은 계산서를 들고 있는 장호를 보았다. 되는 대로 수표를 꺼내준 그는 장호를 밀치고 문을 열었다.

"말하거니와 그 손에 피가 묻으면 모든 것은 도로아미타불!'

길모는 문을 나서는 서강국의 뒤통수에 대고 중얼거렸다. 슬쩍 길모를 돌아본 서강국은 요란한 발소리를 내며 계단을 올라갔다.

[형…….]

텅 빈 룸, 장호의 수화가 허공을 휘저었다. 수화가 만들어낸

공기의 흐름조차 힘겨웠을까? 길모의 몸은 짚단처럼 맥없이 넘어가고 있었다.

"어어억!"

장호는 야수의 신음을 내며 길모에게 달려들었다.

복도에 서 있던 사람들이 쏟아져 들어왔다.

"우어어어!"

장호는 여전히 야수의 비명을 울리며 늘어진 길모에게 얼굴을 묻었다.

*　　　*　　　*

관인팔법(觀人八法)이라!

사람의 상을 여덟 가지로 나누노니.

위맹지상이오.

후중지상이오.

청수지상이오.

고괴지상이오.

고한지상이오.

박약지상이오.

악완지상이오.

속탁지상이라.

권력과 명성에 어울릴 위엄이 있는가?

그릇이 얼마나 큰가?

그 성품이 깨끗하고 맑은가?

굳은 의지를 지녔는가?

인생이 외롭고 고독한가?

체모가 허약하여 건강하지 않은가?

심성이 간악하고 표독스러운가?

경박하고 고상하지 못한가?

위맹, 후중, 청수, 고괴, 고한, 박약, 악완, 속탁… 한자들이 명멸하고 있었다. 그 뒤를 따라 물형들도 신기루처럼 사라졌다. 봉황상이오, 기린상이오, 원숭이상이오, 멧돼지상이오, 살모사상이오, 쥐상이오, 닭상이오…….

모든 것이 명멸한 한 점에서 오방색의 빛이 새어 나오기 시작했다. 빛은 마치 레이저처럼 끝 간 데 없이 뻗었다. 그 빛이 하늘에 닿는 순간!

딸깍.

손톱만 한 여명마저 사라져 버렸다.

'호영…….'

바닥에 누워 빛의 삼라만상을 지켜보던 길모의 입에서 웅얼거림이 새어 나왔다. 그 여명의 가운데에 호영이 등장한 것이다. 그는 장막처럼 스윽 다가왔다. 그리고 길모의 오른쪽 눈을 부드럽게 쓰다듬었다.

'호… 영.'

길모가 손을 내밀어 호영의 손을 잡았다. 손이 아니라 빛이었다. 다시 한 번 눈을 깜빡이자 익숙한 빛이 찬란하게 길모의 눈을 파고들었다.

[형!]

수화였다. 빛 다음에 이어진 건.

[형……]

짧고 간결한 수화와 함께 장호의 눈물이 툭 떨어졌다.

[괜찮아요?]

장호의 수화가 연속해서 이어졌다.

"어디… 냐?"

길모는 천천히 고개를 돌렸다. 1번 룸 안이었다. 장호 뒤로 혜수와 홍연, 승아와 유나의 모습이 보였다.

"오빠, 괜찮아?"

유나의 목소리다.

"어휴!"

혜수와 홍연의 한숨 소리도 꽃잎처럼 부드럽게 귓전으로 녹아들었다. 그리고!

"사장님! 홍 부장님 깨어났어요!"

확성기처럼 유나의 목소리가 복도를 흔들었다.

"야, 홍 부장!"

방 사장이 들어왔다. 부장들도 그 뒤를 이었다.

"사장님……."

"아이고, 내가 오늘 식겁을 했다. 아무튼 진짜 고맙다."

방 사장은 다짜고짜 길모를 안았다.

"어떻게 된 거지?"

길모가 장호를 바라보았다.

[그 주먹들 나가고 바로 쓰러졌어요. 그래서 119 구급대 불렀는데…….]

"구급대?"

"어머, 도착했나 봐요."

사이렌 소리가 나자 유나가 소리쳤다. 구급대는 부산한 발소리와 함께 룸으로 들어왔다.

"미안합니다. 이제 괜찮으니까 그냥 돌아가 주세요."

길모는 머리를 짚으며 일어섰다. 엄청난 몸살을 앓고 난 듯 맥이 풀리기는 했지만 구급차에 탈 정도는 아니었다.

"진짜 괜찮냐? 그냥 가서 검사 한 번 받아보지?"

방 사장이 물었다.

"아닙니다. 진짜 괜찮습니다."

길모가 거듭 사양하자 구급대는 그대로 돌아가 버렸다.

"야야, 다들 뭐하냐? 우리 홍 부장에게 박수!"

방 사장이 나서 바람을 잡자 일동 박수를 쳐댔다.

"박수는 고맙지만 그걸로는 안 됩니다."

길모가 숨을 고르며 말했다.

"안 된다고?"

방 사장이 고개를 들었다.

"염홍대가 그냥 갔으니 매상은 사장님이 책임지시고 인센티브도 주십시오."

"인센티브?"

세 부장이 길모를 바라보았다.

"이런 경우는 손님이 아니지 않습니까? 카날리아 전체를 위해 저희 박스가 희생을 무릅쓴 경우입니다. 당연히 보상이 있어야 한다고 생각합니다."

"야, 홍 부장. 너 고생한 건 알지만 그건 좀……."

"맞아. 게다가 이런 일은 네가 전문이잖아?"

강 부장과 이 부장이 한마디씩 건네 왔다.

"그렇게 말하면 섭합니다. 저 진상 처리 졸업한 지 옛날입니다."

"뭐야?"

이 부장이 얼굴을 구렸다. 그러자 방 사장이 나서서 교통정리를 했다.

"홍 부장 말이 맞아. 홍 부장이 우리 카날리아를 위해 위험을 감수한 거니까 다들 오늘 매상의 10%는 홍 부장에게 몰아줘!"

"사장님!"

이 부장이 당장 이의를 제기하고 나섰다.

"그럼 다음부터 이 부장이 이런 일 책임지던가."

방 사장은 명쾌하다. 부장들은 더는 뭐라고 항변하지 못했다.

"부장님!"

방 사장과 부장들이 나가자 홍연이 길모에게 안겨왔다.

"야, 왜 이러냐? 징그럽게!"

"왜는요? 멋지니까 그러지. 그렇지? 유나야?"

"당연하지. 홍 오빠, 최고."

유나는 쪽 소리가 나도록 길모의 뺨에 대고 뽀뽀를 작렬해 주었다.

"아, 저거… 담배도 안 끊은 입술로……."

길모는 투덜거리지만 기분은 나쁘지 않았다.

"진짜 다시 봤어요. 완전 한 주먹에 한 명씩이대?"

홍연이 허공에 주먹을 휘둘렀다.

"약속했잖아? 내가 어떤 일이 있어도 너희들 보호한다고."

"아유, 멋지기만 해가지고!"

이번에는 홍연도 길모의 볼에 키스 마크를 찍어주었다.

벌컥벌컥!

새벽 한 시, 뜨거운 차를 한 잔 마시자 몸은 다시 가뜬해졌다. 룸 안에 남은 건 장호와 혜수였다.

"그 인간들은 그냥 갔고?"

길모가 장호를 바라보았다.

[그럼요. 아주 똥줄이 타도록 튀었어요.]

설명하는 장호의 얼굴에는 긍지가 가득해 보였다.

"대체 어떻게 한 거예요? 우린 칼부림이 일어나나 했는데……."

혜수가 길모에게 물었다.

[형이 관상으로 제압했어요. 너희들 내 관상룸에서 깝치면 돼진다!]

"정말?"

[그럼요. 형이 딱 꼬나보면서 한마디 하니까 그 인간들 오줌을 지리며 빌빌대는 꼬락서니라니······.]

"아, 그럼 나 좀 부르지."

혜수는 아쉬운 눈치였다.

[아무튼 진짜 최고였어요. 그 인간들 꼬리 내리고 발발 떠는 꼴이라니··· 나 아직도 가슴 떨리는 것 좀 봐요.]

"어유, 동영상이라도 좀 찍어두지."

[어, 그럴 걸 그랬나?]

"손님들은?"

대화를 듣고 있던 길모가 물었다.

[우리 룸은 비었고요, 다른 룸에는 자잘한 손님이 좀 있는데 오늘은 거의 파장이에요. 에이스들이 놀라서 다 퇴근했거든요. 부장님들도 이제 다 갔을 거예요.]

길모는 고개를 끄덕였다. 텐프로나 룸싸롱에 주먹들이 오는 건 처음이 아니다. 하지만 이렇게 전쟁 일보 직전까지 가는 일은 결코 흔하지 않았다. 그러니 아가씨들이 놀라는 것도 당연한 일이었다.

"우리도 오늘 그만 접을까?"

길모가 혜수를 바라보았다.

"부장님 생각대로 하세요. 우린 하자는 대로 따를게요."

혜수는 길모의 처분에 맡겼다. 룸 안의 일을 지켜보지는 못했지만 길모가 많이 힘들었을 거라고 생각하기 때문이었다.

"그럼 조금 쉬었다가 나가서 해장국이나 먹고 쫑 치자."

"네."

혜수는 명랑한 인사를 남기고 나갔다.

뒤를 이어 길모도 복도로 나왔다. 오 양은 쪼르르 달려와 커피를 건네주었다. 길모에게 존경심을 표하는 것이다.

"땡큐!"

"부장님, 진짜 대단해요."

오 양은 쌍 엄지를 세워주었다.

커피가 한 모금 넘어가자 정신이 좀 더 맑아졌다. 길모는 본능적으로 눈을 만져 보았다. 특별한 이상은 없었다. 가만히 아까 그 순간으로 돌아가 보았다. 그때는 눈이 이상했었다.

"장호야, 너 아까 내 눈 봤냐?"

길모가 슬쩍 물었다.

[그럼요.]

"어땠냐?"

[어우, 말도 말아요. 완전 신비와 공포와 오묘와 위엄과 설렘과 불안과 간절함과 에, 또⋯⋯.]

"에라, 이 뻥쟁이야! 아주 구라를 세트로 날려라."

보고 있던 길모가 장호를 쥐어박았다. 그때 방 사장이 이마를 짚으며 사무실 문을 열고 나왔다.

"오 양, 오 양아!"

방 사장이 소리치지만 오 양은 심드렁하게 바라보았다.

"서 부장 갔냐?"

"네, 방금 전에……."

"그럼 강 부장은?"

"거의 같이 나갔어요."

"아, 이거 미치겠네."

방 사장은 머리를 쥐어뜯더니 길모를 바라보았다.

"야, 홍 부장!"

"예."

"미안하지만 나 한 번만 더 살려줘라."

"……?"

"검찰청 이 검사장 있잖냐? 새파란 신참들 데리고 한 잔 빨다가 흥이 오른 모양인데 지금 여기로 온단다. 이거 안 받으면 괘씸죄인데 하필이면……."

방 사장은 아예 울기 직전이었다.

[우리도 퇴근할 건데요?]

장호가 문자를 찍어 내밀었다.

"안다. 알아. 그러니 그냥 주문받고 대충 한 테이블만 때우면 안 되겠냐? 어차피 전작도 있은 것 같고 부하들 앞에서 비싼 양주 한 병 사면서 가오나 잡으려는 모양인데……."

다급해진 방 사장이 길모의 손을 잡았다. 이건 폭력배들과도 다른 일. 그러니 거절할 수 없었다.

[아, 진짜 사장님은 우리 형이 아직도 진상 처리 전문인 줄 아신다니까? 방금 지옥에서 건져 주었더니 이런 시어머니까지 안기고…….]

장호가 투덜거렸지만 길모는 방 사장을 이해했다. 텐프로라는 게 그렇다. 다양한 인맥을 갖지 않으면 결코 영위할 수 없는 사업이다. 더구나 온다는 사람이 검사장 아닌가?

"자자, 들어들 가시죠. 영감님들!"

배웅을 나간 방 사장. 간드러지는 목소리가 계단을 타고 내려왔다. 웅성거리는 소리를 들으니 길모는 잠시 골치가 지끈 아파왔다.

'아까 너무 무리를 했나 보군.'

길모는 머리를 흔들며 정신줄을 잡아 세웠다.

제일 먼저 입성한 건 검사장이었다. 길모는 공손한 예로 맞이했다. 두 번째는 중견 검사, 세 번째, 네 번 째는 새파랗게 젊은 검사들이었다.

다 들어왔나 싶을 때 마지막 발소리가 들렸다.

"어서 오십시오!"

묵례를 마치고 고개들 들던 길모. 그 눈에 다시 한 번 불덩이가 켜졌다.

"오, 이게 누구야?"

뺀질한 목소리로 길모를 쏘아보는 마지막 검사. 그 얼굴이 송곳처럼 길모의 눈을 파고들었다.

독목교원가조(獨木橋冤家遭)!

원수는 외나무다리에서 만난다더니!

그는 류 약사와의 식사 때 만났던 추잡한 엘리트 검사, 김 검사였다.

"오호, 잘난 웨이터께서 일하는 가게가 여기였군?"

"……."

"나 기억하지?"

"예!"

길모는 담담하게 대답했다. 뜻밖의 일이라 놀라긴 했지만 쫄
아든 건 아니었다.

"묘한 인연이군, 묘한 인연이야!"

김 검사는 의미심장한 미소를 남기고 길모를 지나쳤다.

"아는 사람이냐?"

눈치 빠른 방 사장이 다가왔다.

"뭐, 조금……."

"좋은 사이는 아닌 거 같은데?"

"그것도 조금……."

"대충 접대해서 보내자. 오늘은 어째 일진이 안 좋은 거 같
다."

"그럼 다행이죠, 뭐."

길모가 웃었다.

"다행?"

"안 좋은 건 한 번에 해치우는 게 좋잖습니까?"

길모는 그 말을 남기고 룸으로 향했다.

"그거 말 되네."

카운터 앞에 남은 방 사장은 혼잣말처럼 중얼거렸다.

검사들은 2번 룸으로 모셔졌다. 어차피 관상에 관심이 있어 온 것도 아니었기 때문이었다.

"발렌타인 30년? 그거 두 병 들여오게."

50대 후반으로 보이는 검사장은 후덕해 보였다. 척 봐도 이마 가운데의 관록궁이 영롱하다. 거기에 처첩궁까지 아롱거린다. 한마디로 처복까지 겸한다는 뜻이었다.

아가씨는 길모 사단이 총출동을 했다. 검사가 다섯이라 한 명이 모자랐지만 딱히 짝 지어 놀 자리도 아니었으므로 검사장도 동의를 해주었다.

그런데!

앉다보니 하필이면 홍연이 김 검사 옆에 앉게 되었다. 에너지가 **빵빵**한 홍연이었으니 혹시나 김 검사가 딴마음을 먹을까 불안해졌다.

"홍 부장이 관상을 잘 본다고?"

술잔을 받아든 검사장이 길모에게 물었다. 방 사장에게서 소문이 건너간 모양이었다.

"그냥 흉내 정도 냅니다."

길모가 대답할 때 김 검사의 시선이 느껴졌다. 그는 호시탐탐 길모를 노리고 있었다.

"그럼 나 한 번 봐주겠나? 우리 아들이 이번에 미국에서 대학 입시를 치를 건데 걱정이 되어서 말이야."

"청하시니 없는 재주나마 봐드리겠습니다."

길모는 검사장의 와잠을 바라보았다. 나쁘지 않다. 앞으로 적어도 10여 년간 그의 자손들은 큰 장애가 없을 관상이었다.

"그래? 이거 기분 좋은 말이군."

"예……."

"그거 그냥 좋으라고 하는 말 아니지?"

"그럼요. 자녀궁이 맑으니 반드시 좋은 소식이 올 겁니다."

"이런 소리 듣고 그냥 있을 수 없지. 이건 복채네."

검사장이 10만 원 수표를 내밀었다. 길모는 겸손한 미소로 받아들었다.

"자자, 검사장님이 귀한 시간 내주셨으니 다 같이 건배로 보답합시다!"

잠시 대화가 끊기자 김 검사가 바로 분위기를 잡았다. 길모가 부각되는 꼴은 못 보겠다는 심사였다.

[형, 저 검사 알아요?]

복도로 나오자 장호가 물었다. 그 역시 눈치라면 빠꼼이가 아닌가?

"그렇게 됐다."

[어떻게 아는데요? 나한테 얘기한 적도 없잖아요?]

"류 약사랑 선 본 놈이야."

[예?]

"아, 세상은 참 좁다니까."

길모가 한숨을 몰아쉬었다.

[뭔데요? 자세히 좀 말해봐요.]

장호는 숨도 쉬지 않고 재촉한다.

"그게 말이지⋯⋯."

길모는 쓴 입맛을 다신 후에 장호에게 사연을 들려주었다. 왕재수 김 검사와 대면하게 된 날을.

[으악, 그럼 완전 쥐약이잖아요?]

이야기를 들은 장호가 몸서리를 쳤다.

"왜? 내가 뭐 잘못했냐?"

[그건 아니지만 저 인간은 잔뜩 벼르고 있을 거 아니에요? 어쩐지 룸에서 형 바라보는 눈치가 심상치 않았어요.]

"난 죄 없다. 저 인간 관상에 나온 대로 말했을 뿐! 죄라면 그렇게 낳은 저 인간 부모 몫이지."

[누가 형이 죄 있대요? 상대가 검사니까 그렇지.]

"됐으니까 가서 재떨이나 비워라. 내가 없는 말한 것도 아닌데 제 놈이 어쩔 거야? 보인 대로 말한 것도 구속감이냐?"

길모는 장호의 등을 밀었다.

말은 그렇게 했지만!

기분이 찜찜한 건 사실이었다.

검사!

구청!

경찰!

세무서!

소방서!

이들이 작심하면 룸싸롱 하나 죽이는 건 일도 아니었다. 시시

때때로 단속을 나오거나 매상을 파헤쳐 대면 도리가 없다. 종로에서는 구청에 당한 룸싸롱도 있다.

우습게도 주방이 문제였다. 주방 아줌마 하나가 유통기한이 지난 소시지를 집에서 가지고 왔다. 자기 집 냉장고에서 썩어나니까 일하다 먹으려고 들고 온 것이다. 그걸 주방 냉장고 구석에 처박아두었다. 그리고 깜빡 잊어버렸다.

며칠 후에 위생 점검을 나온 구청팀에게 적발이 되었다. 변명 같은 것은 통하지 않는다. 그걸 연구원에 의뢰했더니 하필이면 식중독균이 발견되었다.

영업 정지를 맞는 일은 이밖에도 다양무궁하다. 관공서가 주로 문제 삼는 건 세금 포탈과 성매매, 미성년자 고용 문제다.

만약 큰 문이 안 열리면 쪽문이 있다. 그게 바로 보건증, 비상구 확보, 현금영수증 등이다. 이 중에서 빈번하게 일어나는 일이 보건증이다.

유흥업소 아가씨들은 보건증을 지참하고 있어야 한다. 하지만 번거롭다. 그러다 보니 부장이나 가게 카운터에 맡기는 일이 허다하다. 본인이 관리하지 않으니 갱신 날짜를 잊어버린다. 이때 단속이 뜨면 쥐약이다.

검사라면 위생 점검 외에 거의 모든 것을 조사할 권한을 가지고 있다. 그러니 방 사장도 설설 기는 것이다. 혹시라도 미운 털이 박혀 점검 대상에 오르면 매상의 곤두박질은 뻔한 일이었다.

길보, 정신일도하사불성(精神一到何事不成)의 자세로 손님 관리에 나서야 했다.

중간 점검을 할 때만 해도 기미는 없었다.

"불편하신 점은 없습니까?"

길모가 묻자 검사장과 부장검사는 이구동성으로 없다고 했다. 검사장은 옆에 앉은 혜수가 녹이고 있었다. 1번 룸은 아니었지만 그녀의 몽환적인 매력은 검사장까지도 흡족하게 만들었다.

일이 벌어진 건 폭탄주용 맥주와 음료가 들어간 직후였다. 룸에 있어야 할 김 검사가 어슬렁어슬렁 걸어나온 것이다.

[적색경보.]

장호가 수화를 날려왔다.

"필요한 게 있으십니까?"

길모는 다른 손님에게도 늘 그렇듯이 공손하게 물었다.

"있지!"

첫마디부터 바짝 각을 세우는 김 검사.

"쟤들 보건증!"

빠끔이 아니랄까 봐 보건증을 요구하는 김 검사. 술 마시러 온 놈이 보건증을 왜 찾을까? 보나마나 갑질 유세를 떨려는 꼴갑이었다.

"여기 있어요!"

카운터로 모셔가자 오 양이 보건증을 내밀었다. 김 검사는 하나하나 갱신 날짜를 확인해 나갔다. 그래봤자 나올 건 없었다. 더욱이 혜수와 홍연은 보건증을 만든 지도 얼마 되지 않음으로.

"얘들 예전에도 문제없었나?"

김 검사가 보건증을 톡톡 흔들며 물었다. 보건증에서 떨어지는 먼지처럼 건방이 뚝뚝 떨어졌다.

"예?"

"아가씨들 말이야. 성병이나 에이즈 같은 걸로 재검 받은 적 없냐고?"

"없습니다."

"없어?"

"예."

"애들이 저렴해 보이던데 2차 전문 아니야?"

"우리 가게는 2차 없습니다."

"레알?"

김 검사가 얼굴을 불쑥 들이밀었다. 입에서 술 냄새와 함께 구취가 확 끼쳐 왔다.

"예!"

길모는 얼굴을 빼며 대답했다.

"룸싸롱에서 2차가 없다?"

"예."

"이야, 이거 내가 살다 살다 대한민국 룸싸롱에서 2차가 없다는 건 처음 들어보네."

"……."

"그냥 까놓고 말씀하시지. 여기 애들은 얼마냐?"

"검사님!"

"얼마냐고?"

"진짜 2차 없습니다."

"좋아. 그럼 내가 내일부터 수사관 쫑박아 놓고 두어 달 출석 체크해 볼까?"

"그건 제가 상관할 바가 아닙니다."

"호오, 자신 있다? 하긴 그 정도 똥배짱이 있으니까 지난번에 그렇게 무모하게 들이댔겠지."

김 검사는 보건증을 둘둘 말아들고 길모의 뺨을 토닥토닥 건드렸다.

"더 필요한 게 없으면 가보겠습니다."

길모는 시선을 가지런히 한 채로 말했다.

"이 새끼 봐라? 너 내가 지금 쭉정이로 보이냐? 나 대한민국 검사야!"

김 검사의 입에서 냉소와 모멸이 섞여 나왔다.

"……"

"신분증 보여주랴?"

"……"

"빈 룸 있지? 따라와라. 진지하게 얘기 좀 하게."

김 검사가 보건증을 집어 던지고 돌아섰다.

"홍 부장님……."

겁을 먹은 오 양이 새된 소리를 쏟아냈다. 길모는 그가 제멋대로 1번 룸의 문을 여는 걸 보았다. 그는 그 앞에서 오만이 활개 치는 손짓으로 길모를 불렀다.

'오냐, 네가 내 왕국에서 한 번 더 심판받기를 원한다면!'

길모의 눈에 살광이 후끈 스쳐 갔다. 조용히 마시고 가면 덮어두었을 수도 있을 일. 그러나 스스로 명줄을 재촉하니 그대로 넘길 수 없는 일이었다.

"사장님 부를까요?"

초조해진 오 양이 물었다.

"아니, 절대!"

길모는 묵직한 대답을 남기고 1번 룸으로 향했다.

[형······.]

처음부터 지켜보던 장호가 걱정스레 수화를 그렸다. 길모는 장호에게 전화를 걸었다. 그런 다음 한 뼘 통화를 가리킨 후에 2번 룸을 향해 턱짓을 했다. 눈빛 하나로도 통하는 장호가 끄덕 고개를 숙여보였다.

김 검사는 1번 룸에 앉아 있었다. 길모가 들어서자 다리부터 꼬았다.

"너 이름 뭐냐?"

"홍 부장입니다!"

"이 새끼야, 닉네임 말고 이름!"

김 검사는 길모를 범인 다루듯이 대했다.

"술 마시는데 웨이터 이름까지 알아야합니까?"

"이 새끼 봐라? 너 뭐 잘못 처먹었냐? 눈에 보이는 거 없어?"

"그렇게 말씀드린 적 없습니다."

"없어?"

"······."

"너 류설화랑 무슨 사이야? 누가 돈 주고 시켰냐? 내 뒤통수 쳐서 소개팅 쫑내라고?"

"저는 단지 관상을 봤을 뿐입니다. 검사님도 동의하신 일 아닙니까?"

"동의!"

발끈한 김 검사가 음료 캔을 날렸다. 길모는 가볍게 피하며 캔을 받아냈다. 그런 다음 테이블에 가만히 올려놓았다. 이미 통화가 걸린 핸드폰까지 함께!

그러나!

폼 잡느라 바쁜 김 검사는 알지 못했다. 그의 비극의 출발이었다.

"검사님답지 않으십니다."

"어쭈? 이게 이젠 훈계까지?"

"……"

"야, 너 솔직히 말해. 너 내 정보 어디서 들었어?"

김 검사가 일어나 어슬렁 다가왔다.

"무슨 말씀입니까?"

"이게 어디서 오리발이야? 관상이라고? 죽고 싶냐? 그런 게 관상으로 가능해? 어떤 새끼가 내 정보 이죽거리는 거 들었지?"

"미안하지만 나는 아는 검사 없습니다."

"진짜 관상이다?"

"예!"

"오호, 그러니까 신들린 관상쟁이다?"

"……."

"좋아. 네가 그렇게 용하면 이것도 좀 맞춰봐라. 지금 내가
원하는 게 뭔지……."

"무슨 말씀이신지?"

"새꺄, 내가 원하는 게 뭔지 맞춰보라고. 그리고 그걸 못 맞췄
을 때 이 가게가 어떻게 될지도!"

김 검사는 길모의 뺨을 톡톡 건드리며 닦아세웠다.

"잘 모르겠습니다. 차라리 화끈하게 말씀을 하시죠."

길모가 김 검사의 손을 막으며 대답했다.

"화끈?"

"예!"

"흐음, 진작 그렇게 나올 것이지."

흡족해진 김 검사는 다시 다리를 꼬며 소파에 앉았다.

"저 방 술값 얼마냐?"

"지금까지 이백가량 됩니다만……."

"그거 내가 낸 걸로 하고 계산 퉁 치자."

"예?"

"검사장님이 계산하신다고 하면 내가 냈다고 말하란 말이
야!"

김 검사가 테이블을 후려쳤다.

면 세우기!

손도 안 대고 날로 먹으려는 심보다. 욕이 튀어나왔지만 길모
는 그냥 넘겼다.

"그리고 내 파트너 있지? 홍연이라고……."

"예……."

"걔, 우리 나가고 10분 있다가 몸단장해서 비너스 호텔로 보내."

"2차는 안 된다고 말씀드렸습니다만……."

"아, 이 새끼 진짜 말 못 알아듣네? 너 장사 때려치우고 콩밥 좀 먹고 싶어? 이 가게 주야장창 털어줄까?"

"그러니까 앞으로 봐줄 테니 성상납을 하라는 겁니까?"

"말귀 알아듣네?"

"그건 불법 아닙니까? 오히려 검사님이 단속을 해야 하는……."

"야, 인생이 다 그런 거야. 이 바닥에서 무사고로 일하고 싶으면 나, 이 김학중이에게 잘 보이라고. 너는 그렇잖아도 나한테 미운털 박힌 놈이니까… 윽?"

헛된 자부심으로 폭주하던 김 검사의 얼굴이 갑자기 울상이 되었다.

"지, 지검장님!"

김 검사는 벌떡 일어나 부동자세를 취했다. 느닷없이 룸 안으로 들어선 지검장과 부장검사 때문이었다.

"그러니까 이게 바로 검사의 갑질이라는 건가? 강제 접대에 성상납 협박……."

지검장이 준엄하게 물었다.

"그, 그럴 리가요? 저는 잠시 룸싸롱 불법영업에 대해 교육을……."

김 검사의 목소리는 지검장이 들고 있는 전화기를 통해 고스란히 흘러나왔다. 바로 장호의 전화기였다.

"……?"

김 검사, 그제야 뭔가 잘못되었다는 걸 알았지만 이미 늦어도 한참을 늦은 후였다.

쫘!

쫘악!

1번 룸에 두 번의 파열음이 울려 퍼졌다. 지검장이 김 검사의 따귀를 스트레이트로 후려갈긴 것이다. 속 시원했다. 그 다음에 이어진 말은 더 시원했다.

"이 친구 직무 정지시키고 대검 감찰반에 연락해서 그동안의 행적에 대해 정밀 수사하도록 조치해. 필요하면 영장 청구해서 구속 수사를 해도 좋네!"

김 검사의 눈동자가 홀딱 뒤집히는 게 보였다. 길모는 그 얼굴을 향해 'Fuck You'를 날려주었다.

그렇게 길모의 하루는 상큼하게 마감이 되었다.

"우리 홍 부장, 많이 먹어라. 많이!"

해장국을 쏘러 나온 방 사장은 입에서 침이 튈 정도로 길모를 띄워주었다. 왜 아닐까? 그로서는 두 번의 신세를 진 셈이었다.

"우리 길모 오빠, 대우 좀 잘해주세요. 관상이면 관상, 매상이면 매상, 머리면 머리… 완전 내 스타일이라니까요."

국물을 마시던 유나가 몸서리를 쳤다.

"핸드폰은 완전 대박이었어요. 그거 들을 때 지검장님 얼굴, 완전 예술이었지?"

차분한 혜수마저도 흥분을 감추지 못했다.

"언니, 그 얘기 그만하자. 그런 부패한 인간이 상상 속에서 나를 벗기고 뒹굴었을 생각을 하니……."

김 검사의 찜을 받은 당사자 홍연은 어깨를 좁히며 몸서리를 쳤다.

"다 장호 덕분이지, 뭐."

길모는 장호에게 고마움을 돌렸다.

타이밍을 정확히 맞춘 덕분이었다. 그러니까 복도에 있던 장호는 이어폰을 끼고 1번 룸의 대화를 죄다 엿듣고 있었다. 길모가 눌러둔 한 뼘 통화 때문이었다. 그러다 적절한 순간에 2번 룸에 들어가 재떨이를 비우는 척하면서 이어폰을 뽑아버렸다.

느닷없이 흘러나오는 김 검사의 목소리. 더구나 노골적 성상납 협박. 대로한 지검장은 바로 자리를 박차고 일어섰다.

난잡한 간문에서 힌트를 얻은 길모가 놓은 덫을 고이 지르밟아 주신 김 검사.

한마디로 자백이자 게임 오버였다!

감히 광안의 관상왕을 노린 대가였다.

제5장

대망의 중국 출장

나흘 후의 저녁, 카날리아는 분주했다. 방 사장의 지시 때문이었다.

기습 단속 대비.

방 사장의 영업 감각은 동물적이었다. 이유야 어쨌든 룸에서 일어난 김 검사 사건이 마음에 걸리는 모양이었다.

일단 아가씨들 보건증부터 체크에 들어갔다. 혹시라도 기간이 지난 아가씨들은 집으로 돌려 보냈다. 다음으로 카드단말기를 점검했다. 얼마 전까지 눈가림 단말기를 가지고 있던 방 사장. 유흥업소 세금은 너무 고율이므로 입자들이 가져다 둔 일반 업소 단말기로 간간이 재미를 보던 방 사장이었다.

마지막으로 주방과 주류를 점검했다. 가짜 양주는 취급하지 않지만 혹시라도 우연히 묻어왔으면 곤란할 일이었다.

"쪽지 날아왔습니까?"

이 부장이 방 사장에게 물었다. 단속 정보가 왔냐고 묻는 것이다.

"아니, 오늘 좀 찜찜해서……."

직감이라는 뜻이다. 그런데 방 사장의 예상은 귀신처럼 들어맞았다. 검찰과 교육청, 구청 기동단속반이 들이닥쳤다.

아가씨들이 대기실로 소환되어 점검을 받았다. 아가씨들이 가장 싫어하는 순간이다. 민증을 제시해야 하기 때문이다. 손님도 아닌 공무원들, 꼭 무슨 범죄자 취급을 당하는 것 같아서 싫어한다.

"여긴 민증 사진하고 얼굴이 다르잖아?"

이 질문도 반갑지 않다.

"성형했어요."

몇몇 아가씨들의 입에서 같은 대답이 나왔다. 단속원들은 몇 번 얼굴을 살펴보는 것으로 확인을 끝냈다. 지나치게 굴다가는 인권 문제가 될 수 있기 때문이다.

물론 시대가 좋아진 까닭이다. 과거보다 아가씨들 수준이 확 높아지면서 공무원들도 조심스럽다. 지나치게 몰아붙이면 인권 문제에 휘말릴 소지가 있었다.

다음으로 아가씨들이 싫어하는 건 보건증을 만들 때 받는 STD 검사다.

STD.

'Sexually Transmitted Disease'의 약자로 간단히 성병 검사다. 주로 매독이나 임질, AIDS 같은 게 문제가 된다.

그래도 지금은 좋아졌다. 대상도 줄어들고 과정도 조금은 편해졌다.

과거에는 보건소나 지정병원에 가서 팬티를 벗고 분만대에 올라가 다리를 벌려야 했다. 그럼 의사나 간호사가 면봉으로 질액을 묻혀내 슬라이드 글라스에 바른다. 그래야 염증과 임균을 검사할 수 있기 때문이었다.

"비상구!"

"냉장고!"

단속원들은 꼼꼼했다. 양주병을 일일이 확인하고 안 하던 화장실까지 들여다보았다. 하지만 나오는 건 없었다. 원래도 가짜 양주 같은 건 취급하지 않는 카날리아였다.

그러나 그들은 단속원.

귀에 걸면 귀걸이오 코에 걸면 코걸이인 대한민국이다 보니 결국 흠 하나를 찾아냈다. 주류 창고 구석에 놓인 먹다 남은 양주였다. 손님이 남긴 걸 보조들이 먹으려고 쩡 박아둔 모양이었다.

방 사장은 확인서에 서명을 했다. 크게 걸릴 사안은 아니었다.

"아, 자식들. 밥 처먹고 할 일도 없지."

단속원이 물러가자 이 부장이 구시렁거렸다. 그래도 손님이 붐빌 때가 아니라 다행이었다.

"태풍은 지나간 거 같다."

계단을 내려온 방 사장이 길모의 어깨를 두드렸다. 그 말뜻은 김 검사 건은 완전히 마무리가 된 것 같다는 의미였다. 물론 이 단속의 배후가 김 검사인지는 아무도 모른다. 하지만 까마귀 날자 배 떨어졌다고 그를 의심하지 않을 수가 없었다.

독사는 목이 베어져도 사람을 물 수 있다.

이빨에서는 독도 나온다.

검사라면 충분히 그만한 위치에 속한다.

[틀림없이 그 인간일 거예요. 생긴 것도 기생오라비 같은 게…….]

장호도 이를 갈았다.

"오, 우리 장호도 이제 관상 보냐?"

길모가 웃으며 물었다.

[쳇, 서당 개 삼 년이면 풍월을 읊는다잖아요?]

"뭐 그건 그렇다."

[아무튼 다행이에요. 걸린 게 없어서.]

장호도 이제 유흥업소 짬밥이 차곡차곡 쌓여간다. 그러니 이런저런 소문으로 정보를 축적하고 있다. 유흥업소에서 치명적인 건 성매매다.

다음으로 아가씨들.

아가씨들이 걸리는 일은 미성년자나 성병, 특히 AIDS 감염자가 문제가 된다. 어떤 아가씨들은 자기 언니나 동생의 주민등록증으로 사회생활을 하는 사람도 있다. 따라서 19살 먹은 미성년자가 21살 먹은 언니의 민증을 슬쩍해 와서 성년으로 취업하는 경우도 있었다.

이건 걸러낼 수가 없다. 유흥업소나 보건증을 만들 때, 지문 검사를 하는 것도 아니니까.

AIDS도 그렇다. 이놈은 잠복기라는 게 있다. 그렇기 때문에 보건증으로도 구멍이 날 수 있다. 보통 퇴폐 룸싸롱에 가면 보건증을 안전막으로 삼는 사람들이 있다. 물론 없는 것보다는 낫지만 절대 안전막은 아니다.

기억해 두시라. 보건증보다는 장화가 더 믿음직스럽다는 사실.

아무튼, 단속 태풍은 그렇게 물러갔다.

*　　　*　　　*

길모는 이상한 꿈을 꾸게 되었다.

붉은 대륙!

그 위에 아롱진 다섯 개의 별!

가도 가도 끝이 없는 붉은 땅을 걸었다. 별은 표창처럼 날아와 길모의 가슴에 꽂혔다. 아프지도 피가 나지도 않았다. 그러다 다섯 별은 거대한 절망처럼 오악을 이루며 길모의 길을 막았다.

꿈이었다. 기분이 이상했다.

"이어, 홍 부장!"

그날 밤, 길모는 최 회장을 맞이하게 되었다. 최 회장은 혼자가 아니었다. 자그마치 에뜨왈의 이 실장을 달고 왔다.

"두 분이 어떻게?"

놀란 길모가 물었다.

"비지니스 때문에 얘기하다가 내가 홍 부장 말을 꺼냈더니 이 양반도 온다지 않나? 숟가락 하나 더 얹으려나본데 빈 룸 있으면 그리 쫓아 보내도 무방하다네."

최 회장이 조크를 날렸다.

"어이쿠, 이거 적반하장도 유분수지 홍 부장 소개시켜 드린 게 누군데 그러십니까?"

이 실장이 바로 방어막을 쳤다.

"어허, 이 살벌한 글로벌 전쟁터에서 누가 먼저 아는가가 뭐 그리 중요합니까? 중요한 건 나는 정식 예약자다 이겁니다."

"뭐, 정 그러시면 프리미엄 인정해서 술값은 제가 치르지요."

"그거 듣던 중 반가운 소리로군요."

두 사람은 농담을 주고받으며 1번 룸으로 입실했다. 그 광경을 본 이 부장의 입이 쩌억 벌어졌다. 한 명만 와도 대박인 VIP. 그런데 두 사람이 떴으니 어찌 놀라지 않으랴?

"술은 뭘로 준비해 드릴까요?"

길모는 정중히 물었다.

"최 회장님 말이 내가 내야 한다니까 비싼 걸로 가져오시게. 싼 거 가져와서 내가 쫓겨나면 홍 부장이 책임지고."

"그럼 헤네시로 세팅할까요?"

길모가 최 회장을 돌아보았다.

"그거 말고 혹시… 중국 명주가 있나?"

"아이고, 요즘 중국 진출에 몰두하시더니 술도 중국 걸로 드시게요?"

"가능하면 부탁하네."

최 회장, 결국 중국 술 오더를 냈다.

'허얼!'

창고를 뒤졌지만 나온 건 마오타이뿐이었다. 보통 사람에게는 내줄 수 있지만 상대는 최 회장과 이 실장. 돈 좀 쓰려는 사람들에게 내놓기는 너무 착한 가격이었다. 별수 없이 방 사장을 공략했다.

"중국 술?"

"예, 이 실장님과 최 회장님이 찾으십니다."

손님 브랜드를 들은 방 사장이 의자를 당겨 앉았다. 구하기만 하면 돈이 되는 손님이 아닌가? 그는 바로 전화기를 집어 들었다.

이렇게 해서 수배된 술이 봉향경전 50년산이다. 중국 명으로 펑시앙징디엔우쉬니엔.

배갈 계열의 이 술은 길모도 생소했다. 중국에 명주가 많다는 말은 들었지만 손님들은 여전히 양주나 꼬냑을 선호하기 때문이었다.

하지만 술값을 전해들은 길모는 놀라지 않을 수 없었다.

500㎖. 52도에 현지가 약 230만 원.

이 정도라면 천만 원을 받을 수 있는 고급주였다.

'수수가 원료. 맛이 좋고 향이 진한 술. 은은하고 부드러워 목 넘김이 좋다.'

길모는 술의 특징을 중얼거리며 1번 룸으로 돌아왔다.

"어이쿠, 우리 홍 부장은 재주도 좋군. 이거 귀한 술인데……."

최 회장은 봉향경전을 알아보았다.

"이게 마오타이보다 좋습니까?"

이 실장이 물었다.

"뭐, 술이야 각자 취향이지만 마오타이에서도 상품으로 치는 귀주모태주보다도 열 배는 비싼 가격이라오."

"그래요?"

"맛도 좋지요. 목에서 넘어갈 때 저절로 내려가거든."

"어이쿠, 회장님이 이제 중국통이 다 되셨습니다."

"어쩌겠습니까? 중국 시장 한 번 넘보자니 이것저것 다 알아 놔야죠."

최 회장은 봉향경전을 만족해했다.

아가씨들은 혜수와 유나가 들어왔다. 승아가 2번 룸에 잡힌 까닭이었다.

"자, 오늘은 중국식으로 마셔보십시다. 깐베이!"

최 회장이 술잔을 들었다.

건배!

길모도 중국 술을 마셨다. 목안이 싸아해졌지만 맛은 괜찮았다.

"이보시게, 홍 부장!"

잔을 비워낸 최 회장이 길모를 바라보았다.

"말씀하십시오."

"오늘 내 관상이 어떤가?"

"좋으십니다."

한마디로 대답했다. 기세가 오른 최 회장의 명궁이 한눈에 들어온 탓이었다.

"오늘 배팅하면 다 통할까?"

"송구하지만 술도 꽁으로 먹게 되셨으니……."

길모가 이 실장을 의식하며 농담을 던졌다.

"하핫, 그렇군. 운이 좋으니 술도 꽁으로 먹게 되는 거야."

"사람… 그럼 내 운은 나쁘다는 건가? 술값 털리게 생겼지 않나?"

이 실장이 장단을 맞춘다.

"실장님은 인심을 얻었으니 그 또한 좋은 운이 아니겠습니까?"

"아이고, 이거 내가 괜한 질문을 해서 홍 부장을 곤란하게 하는구만."

최 회장은 손사래를 치면서 말을 이었다.

"아무튼 잘 좀 보시게나. 오늘 배팅하면 통할지."

"아직 일과가 안 끝나신 건가요?"

길모가 물었다. 이미 자정이 지난 시간. 그런데도 자꾸 오늘을 강조하니 그렇게 물을 수밖에 없었다.

"암, 사실 오늘 업무는 지금이 핵심이라네."

'지금?'

"말해보시게. 배팅할 관상인가 아닌가?"

"배팅하셔도 됩니다."

"그 말 책임질 수 있나?"

"예!"

길모가 묵례를 했다. 기색에 윤기를 더하는 최 회장. 다른 건 몰라도 오늘 밤의 운은 거칠 게 없어보였다.

"그럼 말해야겠군. 홍 부장!"

질문을 마친 최 회장의 시선이 길모에게 향했다.

"회장님, 그럼 오늘 밤 귀인을 만나야 한다더니 그 귀인이?"

주목하던 이 실장이 고개를 들었다.

"그래요. 그 귀인이 바로 홍 부장입니다."

'나?'

길모의 눈이 휘둥그레졌다. 길모라고? 그것도 귀인?

"한 잔 따라 보거라."

최 회장이 유나에게 잔을 내밀었다. 잔이 채워지자 최 회장은 단숨에 마셔 버렸다.

"카아!"

술 마신 소리가 시원하게 나왔다. 최 회장이 안주를 먹는 동안에도 길모는 그에게서 눈을 떼지 않았다. 귀인, 무슨 뜻일까?

"실은 말일세……."

최 회장이 이유를 설명하기 시작했다.

"홍 부장도 알다시피 우리 회사가 지금 중국에 사운을 걸고 있지 않나? 지난번에 잘 낙점해 준 덕분에 선봉장으로 간 친구가 혁혁한 활약도 하고 있고."

"……."

"그래서 대충 자리는 잡을 것 같은데 마침 하남성에 천혜의 공장 부지가 생겼지 뭔가?"

최 회장은 길모를 바라보며 계속 말꼬리를 붙였다.

"다만 이게 하남성에 남은 마지막 노른자위 투자처라 노리는 외국 회사들이 한둘이 아니다 이걸세. 그래서 노심초사 분투한 덕분에 당 서기하고 선이 닿기는 했는데……."

최 회장, 목이 마른 걸까? 손도 대지 않던 물컵을 당겨 절반이나 마셔 버렸다.

"아시나 모르지만 요즘 중국이 대대적인 개혁 물결로 인해 관계도 필요 없고 뇌물 같은 것도 통하지 않는다네. 그러니 후발주자인 우리가 용을 써봐야 소용이 있나?"

"……."

"그런데 말이야, 무슨 운명인지 그 결정권을 쥔 당 서기라는 사람… 관상에 푹 빠진 사람이라는군. 중국의 내로라하는 관상가들과도 교분이 깊고 말이야."

거기까지 말한 최 회장 입가에 회심의 미소가 스쳐 갔다.

당 서기!

관상을 좋아함.

길모는 그제야 최 회장이 무슨 말을 하려는 건지 짐작이 갔다. 그건 혜수와 유나도 마찬가지였다. 그녀들의 눈이 길모에게 쏠릴 때 최 회장이 배팅을 날렸다.

"홍 부장, 나 한 번 살려주시게나."

"회장님……."

"자네라면 그 당 서기의 마음을 살 수 있을 걸세. 원하는 건 다 들어줄 테니 중국으로 날아가 그 사람을 좀 만나주시게."

다급한 최 회장, 체면이고 뭐고 할 것 없이 길모의 손을 덥석 잡았다.

"……!"

중국.

공산당 서기의 관상을 보라고?

그의 마음을 사로잡으라고?

길모에게 글로벌 오더가 떨어졌다.

출발은 5일 후!

*   *   *

"최고가 술 한 병 더 들이고 방 사장님 좀 모시게!"

길모가 수락의 기미를 보이자 최 회장이 팔을 걷어붙였다. 그와 이 실장은 타고 난 사업가. 그러니 유흥업소의 룰도 비즈니스 식으로 해결하려는 것이다.

술은 샤토 무통 롯칠드 1945년산이 수배되었다. 일반 판매가격으로도 무려 6천여만 원. 카날리아에서는 1억을 받아도 문제가 없는 술이었다.

더구나 이 술은 로마네 꽁띠 2010년보다도 명성에서 앞선다. 영국의 저명한 와인 매거진에서 '죽기 전에 꼭 마셔야 할 와인' 1위로 뽑은 적이 있을 정도였다. 카날리아는 다시 한 번 뒤집혔다.

"아이고, 오셨습니까?"

방 사장은 허둥거리며 룸에 들어섰다. 이미 안면을 익힌 사람들. 사회적 지위 확실하지 계산 깔끔하지, 방 사장 입장에서는 절을 하래도 할 판이었다.

"한 잔 받으시지요."

최 회장은 방 사장에게 와인을 권했다. 1억을 받는다면 한 잔이 1천여 만 원에 달할 술. 천하의 방 사장도 이럴 때는 손이 떨린다. 그 역시 팔기만 하지 마음대로 먹을 수 없는 명주였다.

그래서 귀여운 실수를 하고 만다.

"카아!"

소주를 마시고 내뱉는 감탄. 그 싸구려 감탄을 최고급 와인에다 붙여 버린 것.

"······?"

방 사장은 금세 알아차렸다. 자신이 지금 무슨 도발을 한 건지.

"아이고, 죄송합니다. 이거 긴장을 하다 보니······."

"아닙니다. 저도 사실 처음 마셔보는 술인 걸요."

최 회장은 대인배답게 웃어넘겼다.

"이번에는 제가……."

방 사장이 와인병을 잡는 순간, 최 회장이 본론을 꺼내들었다.

"실은 제가 홍 부장을 며칠 빌려가려고요."

"네?"

"한 번 도와주십시오. 국가적으로도 아주 중요한 일입니다."

"국, 국가적?"

"우리가 이번에 중국에 진출하지 않습니까? 사운을 걸고 가는 건데 그쪽 결정권자가 관상 마니아라는군요. 그러니 홍 부장보다 더 적격자가 어디 있겠습니까?"

최 회장의 승부수가 날아갔다. 척 보니 테이블에 깔린 술은 죄다 명주. 그렇다면 시시한 웨이터가 한 달 동안 삥이를 쳐도 올릴 수 없는 매상이었다.

"정 그러시다면야……."

방 사장은 그 자리에서 수락을 하고 말았다.

스케줄은 3박 4일.

물론 길모는 그 4일간의 매상 보전과 함께 출장비도 약속받았다. 물경 1억이었다. 1억은 다음 날 바로 선불로 들어왔다.

길모는 그 돈을 휴가비 명목으로 팀에 분배할 생각이었다. 특히 승아 같은 경우에는 캄보디아에 다녀오게 할 계획이었다.

하지만 깨졌다. 길모의 말을 들은 아가씨들이 쌍수를 들고 반대했기 때문이었다. 그녀들은 한목소리로 소리쳤다.

"우리도 중국 가요!"

결국, 길모네 박스는 단체로 중국 여행을 하게 되었다.

*   *   *

중국!

마치 옆 동네 같은 나라다.

명동의 요우커가 어떻고 싹쓸이 쇼핑이 어떻고… 심지어는 제주도에 가면 반이 중국 사람이라는 뉴스들. 비행기 타면 한 시간이요, 잊을 만하면 황사를 날려 삼겹살 땡기게 하질 않나, 나아가 체인징 같은 성형외과들은 중국 환자 때문에 중국 말도 배워야 할 지경이란다.

그러니 무슨 문제일까?

…라고 생각했지만 막상 가려고 하니 부담이 솔솔 피어오르는 길모.

사실 길모가 팍 땡긴 건 하남성 때문이었다.

하남성!

거기가 어딘가?

소림사가 있다.

그럼 소림사 보려고? 절대 아니다. 하남성의 소림사 하면 남들은 죄다 반들거리는 머리의 스님들이 펄펄 날아다니며 펼쳐 대는 경공술이나 무술을 떠올릴 것이다.

길모는 그게 아니다.

하남성 동봉현 숭산.

소림사는 그곳에 있다. 그곳에는 달마대사의 숨결이 있다. 나아가 호영의 숨결이 서려 있다. 길모를 새롭게 태어나게 한 호영의 숨결.

길모를 잡아끈 건 최 회장의 제안이 아니었다. 그 제안의 땅이 하남성이기 때문이었다. 호영의 가난한 혼이 서렸을 하남성 소림사 부근의 수련장. 그게 길모의 마음을 끌어버렸다.

[형!]

길모의 마음을 아는 걸까? 장호가 뭔가를 프린트해서 들고 바라보았다.

"왜?"

[중국 말, 할 줄 알아요?]

"모르지."

[그거야 최 회장님이 통역 붙여준다고 했으니까 문제없고…….]

문제없는 게 아니다. 관상에도 감이라는 게 있다. 상대와 직접 통하는 게 좋았다. 그렇지 않으면 미세한 걸 간과할 수 있고, 그 미세한 게 일을 그르칠 수도 있었다.

[내가 알아봤는데 혜수 누나가 중국어 좀 한대요. 영어하고 아랍어도…….]

"아랍어?"

[뭐, 수능 볼 때 아랍어 보고 이웃에 아랍 기술자 아저씨가 있

어서 좀 배웠다고…….]

"……."

[형은 한마디도 못 하죠?]

"야, 몇 마디는 한다."

[뭐요? 밥 먹었어요? 니 츠팔노 마?]

"죽을래?"

[4일 남았는데 중국어 될까요?]

장호가 프린트 물을 바라보았다. 딴에는 걱정이 되어 중국어
를 뽑은 모양이었다.

"이리 줘봐."

프린트 물은 많았다. 간단한 중국 말부터 상식적인 것까지.

"이얼싼쓰?"

[일이삼사요.]

"워 취엔?"

[얼마예요?]

"칭 원 나리 여우 쳐서?"

[화장실은 어디예요?]

"워 야오 피지우?"

[맥주 주세요.]

"칭원 추주처짠 짜이날?"

[택시 타는 데가 어디죠?]

"타이 꾸이, 피엔 이 이 디얼?"

[비싸요. 깎아주세요.]

"뿌 야오 샹차이."

[샹차이 넣지 마세요.]

픽!

열심히 수화를 그리는 장호에게 프린트 물이 날아갔다.

"야, 이건 순전히 관광용이잖아?"

[인사말도 있잖아요.]

"니 하오 마?"

[만나서 반갑다는 말도…….]

"니 헌 까오씽?"

[예스는 시, 노는 뿌. 또는 뿌시 뿌하오…….]

"……."

[말 배우기 싫으면 그냥 인사말만 배우세요. 그리고 통역에게 이거 줘야 하지 않겠어요?]

이번에는 관상책을 흔드는 장호.

"그건 회장님께 말씀드렸다."

관상책.

아무리 중국어를 잘해도 주제는 관상이었다. 그러니 혹시라도 관상 용어를 착각해 잘못 전달할 우려가 있었던 것.

길모는 중국 말 뒤에 있는 종이를 넘겼다.

중국인이 좋아하는 색깔은 빨강과 금색. 하지만 이건 그냥 그렇다는 거고 실생활에서는 회색 계열의 어두운 색을 좋아한다. 숫자는 들은 대로 8과 6과 9를 선호. 꼼꼼한 장호는 중국의 실권을 행사한다는 8대 원로에 대해서도 뽑았다. 당 서기가 그들 인맥이라는 말을 들은 까닭이었다.

덩샤오핑, 완전, 천윈, 리셴녠, 펑전, 쑹런충, 샹샹쿤, 보이보!

중국을 좌지우지한다는 8대 원로들. 하남성의 당 서기는 이들 중 리셴녠 혈족에 속한다. 그 아래에는 불명의 8인방이라는 글이 보였다. 영어권에서는 이들을 'Eight Immotals'라고 부른단다.

'대단하군.'

아직도 베일에 가려진 게 많은 중국 대륙. 그리고 보니 아는 게 하나도 없었다. 머리만 아파진 길모, 그래도 마지막 단어에는 관심이 갔다.

중국인이 좋아하는 동물은 용, 봉황, 호랑이, 곰.

싫어하는 건 양과 뱀.

특히 뱀을 싫어해 뱀띠 중국인은 뱀띠라고 하지 않고 소룡(小龍)이라고 한다니 그 심정을 알 것 같았다.

'나아가 인정과 보답과 체면 중시.'

이건 한국인의 정서와도 통하는 일이었다.

길모는 자료를 내려놓고 관상책을 잡았다.

달마상법, 마의상법… 관상은 중국에서 들어왔다. 골똘히 생각하니 부담이 되었다.

관상에 빠진 하남성의 당 서기. 더구나 하남성은 달마대사가 기거하던 곳.

'그렇다면?

한국과는 비교도 되지 않는 관상의 고수가 있을 수도 있었다.

이른 오후, 길모는 장호를 앞세워 납골묘로 향했다. 호영을 찾아가는 것이다. 얼마나 갔을까? 공원 앞의 네거리에서 신호에 걸렸을 때의 일이다. 저만치 공원에서 시비가 붙은 사람들이 보였다.

[노숙자들이에요.]

장호가 수화를 그렸다. 한둘이 아니었다. 여럿이 둘을 밟아대고 있다. 대체 뭣 때문일까? 갑작스런 호기심에 길모가 오토바이에서 내렸다.

[형!]

"조금만 기다려라."

[아, 저 호기심…….]

장호는 머리카락을 쥐어뜯었다.

"그만하라니까!"

시비 무리에 가까워지자 우렁찬 목소리가 들렸다. 동시에 네댓 명이 우르르 밀려났다. 다구리를 당하던 노숙자가 몸부림을 치며 일어섰다. 푸짐한 덩치답게 힘이 좋은 노숙자. 그런데 왜 맞고 있었을까? 가만히 보니 그 뒤로 허약한 노인이 보였다. 그를 보호하고 있었던 모양이다.

"이 사람들아, 다 같은 노숙자 신세에 왜들 이래? 이 공원이 당신들 거면 왜 여기서 찌질하게 무료 급식이나 타먹고 난리야?

엉? 팔아서 떵떵거리고 살면 되잖아?"

항변하는 노숙자 뒤로 노인이 떨고 있다. 그의 손에는 빨간 딱지의 소주 한 병이 들려 있다. 보아하니 고참 노숙자들이 그걸 뺏으려는 걸 말리는 모양이었다.

"조까고 있네. 뺏어!"

대장 고참이 소리치자 부하들이 숫자를 믿고 다시 들이쳤다. 하지만 푸짐한 노숙자는 몸으로 적을 막아냈다. 단순한 완력으로 돌격하던 고참들은 힘에 못 이겨 낑낑거리며 물러섰다.

"야야, 비켜라. 이거 오늘 사고 한 번 쳐야겠다."

대장이 웃옷을 벗었다. 목을 돌릴 때 우두둑 소리가 나는 걸 보니 평범한 노숙자는 아닌 것 같았다. 그는 버려진 각목을 집어 들었다.

"……?"

푸짐한 노숙자가 물러섰다. 아무래도 심상치 않은 것이다. 기선을 잡은 대장은 징그런 미소를 흘리며 다가섰다.

딱!

막 주먹을 날리려던 찰라, 대장의 눈에 불이 번쩍거렸다. 어디선가 날아온 구두짝이 뒤통수를 직격한 것이다.

"어떤 새끼가!"

발끈한 대장이 돌아보는 순간, 길모의 하이킥이 원을 그리며 날아갔다. 그리고 적중했다. 손에 든 각목이 멀리 멀리 날아간 것이다.

"노숙자면 노숙자답게 싸우셔야지. 뭐 박스나 신문 같은 걸로……."

길모는 바닥에 떨어진 구두를 발에 끼우며 말했다.

"이런 쌍!"

대장이 주먹을 날렸지만 길모는 그 손목을 낚아채 비틀어 버렸다.

"아, 아!"

"거 품위 좀 지키고 삽시다. 보아하니 여기 외국 관광객들도 지나다니는구만."

길모는 대장을 밀어버렸다. 팔이 꺾인 대장은 꼬리를 말고 물러갔다.

"괜찮으세요?"

길모가 푸짐한 노숙자에게 물었다.

"……."

그는 흐트러진 노인의 소지품을 챙겨주며 퉁명스레 말을 이었다.

"고맙수만 참견 말고 가시오."

길모는 가만히 손을 내밀어 노인의 소주병을 뺏었다.

"저 어르신 간 박살 났어요. 이거 먹으면 죽습니다."

"……?"

"그리고 내가 관상 좀 보는데 아저씨는 여기서 어물쩍거리면 안 됩니다. 희망이 가까이 다가왔어요."

"무슨 헛소리요?"

"마흔두 살… 마누라는 바람나서 튀었고 애들 둘 고아원에 맡겼죠? 하나는 아들이고 또 하나는 딸이군요."

"······?"

"보아하니 작은 대리점 하셨는데 마누라 일로 자포자기··· 날마다 술만 퍼마시다가··· 반년 전에 사업 거덜 나고 애들은 고아원행··· 정신 차리고 다시 뭉치고자 하지만 남은 건 빚더미라······."

"당신······."

"스물아홉에도 엄청 좌절했었죠? 그때도 2년 만에 일어섰잖아요? 노숙자 팔자 아니니까 정신 바짝 차리고 사세요. 내년까지 애들이랑 합치지 못하면 작은 애 죽어요."

"······!"

"명심하세요."

길모는 거기까지 말하고 돌아섰다. 원래는 싸움만 말리고 갈 생각이었다. 그런데 푸짐한 노숙자의 관상이 좋았다. 얼굴 가득 퍼진 횡액. 그게 끝나가고 있었다. 다만 지금이 문제였다. 자칫 엉뚱한 생각을 먹으면 객사할 수도 있는 상. 그러니 그건 막아야 했다.

"이, 이봐요!"

갑자기 노숙자가 벼락같은 소리를 질렀다. 길모가 가만히 돌아보았다.

"그렇게 잘 알면 뭘 할지도 알려줘요. 우리 딸 죽는다면서요."

"평생 고인 물에 살았죠?"

"네… 거의……."

"아저씨는 역마궁이 강해요. 멀리 활개치고 다녀야 운이 풀린단 말입니다. 정 할 거 없으면 중국 보따리상이라도 하세요."

"뭘로요? 불알 두 쪽으로요?"

"……."

"젠장할!"

노숙자는 짧은 한숨을 밀어냈다. 비빌 언덕이 없는 노숙자 신세. 하지만 누군가 끌어주면 금세 일어날 수 있는 경험과 동기를 가진 사람…….

"뭐든지 할 각오는 있어요?"

"당연하죠. 딸을 살릴 수 있으면!"

"할 줄 아는 건요?"

"뛴 마누라가 중국 사람이라 중국어는 대충합니다."

중국어?

이 또한 인연일까?

"저기 가서 몸부터 씻으세요."

길모는 공원 가운데의 식수대를 가리킨 후에 최 회장의 명함을 내밀었다.

"그리고 이분을 찾아가요. 카날리아의 홍 부장이 관상 좋다고 보냈다면서 매달리세요."

"몽몽 코스모틱의 최 회장?"

노숙자가 명함을 보며 웅얼거렸다.

"죽기 살기로 매달리면 길이 보일 겁니다!"

"이, 이봐요!"

길모를 부른 노숙자가 허둥지둥 주머니를 뒤지기 시작했다.

"받아요. 내 전 재산인데 8억 같은 8천 원으로 알고 받아주세요."

노숙자가 꺼낸 건 꼬깃꼬깃 모은 천 원짜리 여덟 장이었다.

"홍 부장님이라고요? 고맙습니다. 족집게 관상도사께서 말씀하시니 죽기 살기로 한 번 덤벼보죠."

노숙자는 그 자리에서 넙죽, 길모에게 절을 올렸다.

'8억 같은 8천 원?'

노숙자의 전 재산.

그렇게 생각하니 세상에서 가장 귀한 천 원짜리로 보였다.

제6장

전설의 금고털이 박공팔

　'호영, 나 왔다!'

　납골묘 앞에 술 한 잔을 부어놓은 길모는 담담하게 인사를 전했다.

　'중국 가게 될 거 같다.'

　호영은 듣고 있을까? 알고 있을까? 이번에 길모가 갈 곳이 바로 하남성이라는걸?

　어쩌면!

　이 또한 기묘한 운명의 매치가 아닐까? 넓고 넓은 중국 땅 중에서 하필이면 하남성이라니.

　사실은.

　그래서 가기로 했다.

길모는 혼잣말을 이어나갔다.

호영은 하늘로 갔다. 하늘로 간 사람은 반신반인이다. 길모에게는 그랬다. 아버지가 그랬고 어머니도 그랬다. 그분들이 그리워지면 저 하늘을 보며 말한다. 그럼 다 듣고 있을 것 같았다.

난생 처음 간 외국, 태국.

그곳에서 만난 도플갱어 호영.

이번에는 그의 자취가 남아 있는 하남성으로 가게 되는 길모…….

'거기서도 잘 부탁한다.'

길모는 납골묘의 묘지석을 손으로 쓸었다. 그런 다음, 음복 삼아 술잔을 비워 버리고 돌아섰다.

[형!]

아래쪽으로 내려오자 양손의 검지를 세운 장호가 오른손을 위로 올렸다. 형이라는 수화다.

"왜?"

[형네 부모님 모신 데 납골묘 아니죠?]

"응?"

[혹시 묘지 썼어요?]

"화장했다."

[쳇, 우리 부모님도 그런데…….]

"그런데 왜?"

[묘 썼으면 여기 납골묘로 옮겨서 업그레이드시키면 어떨까 하고요.]

"우리 그냥 마음속에서 업그레이드시키자."

그냥 웃어넘기지만 길모는 장호의 말이 고마웠다. 게다가 잘 통한다. 그러고 보면 길모와 장호는 식구다. 숙식을 같이 하는 식구. 가족에 못지않다는 뜻이었다.

*　　　*　　　*

업그레이드!

갑자기 그 단어가 혀에서 감겼다.

길모는 확실히 업그레이드되었다. 삶의 방향과 일상, 그리고 내면까지 전부. 하지만 완성은 아니었다. 인생이란 끝없는 도전의 반복. 그러니 이 정도에서 만족할 수 없었다.

"장호야!"

옷을 갈아입기 위해 옥탑방에 들른 길모가 장호를 불렀다.

[왜요?]

"너 잘나가는 세일즈왕 같은 사람들 좀 검색해서 뽑아봐라."

[세일즈왕은 뭐하게요?]

"우리도 말하자면 영업이잖냐? 그런 사람 모셔서 좋은 말도 듣고 노하우도 배우면 좋지."

[지금요?]

"응!"

[중국 다녀온 후에 하는 게 좋지 않을까요?]

"그래도 되지만 나흘이나 남았잖아? 그동안은 장사 안 할래?"

[그래도 1번 룸은 잘나가고 있으니까… 어제 일도 그렇고 가게에서 매상도 톱이고…….]

"그래서? 이대로 만족하고 살게?"

길모가 웃었다.

[지금은 우리가 카날리아 짱이에요. 수입도, 손님들 퀄리티도, 에이스도…….]

"전에는 서 부장이 최고였지."

[예?]

"잘 생각해 봐라. 너도 머리는 좀 되잖아?"

길모가 화두를 던지자 장호는 곧 알아들었다.

[그렇군요. 전에는 서 부장님이 최고였는데 우리가 이겼으니… 형이 잘 쓰는 한문대로 하면 화무십일홍이라, 끊임없이 노력하지 않으면…….]

"바로 그거다!"

이 실장! 천 회장! 최 회장! 노봉구!

길모는 1번 룸의 굵직한 손님들을 상기시켰다. 나쁘지 않았다. 하지만 그건 카날리아 안에서였다.

"너, 강남 김득구 부장 소문 들은 적 있지?"

[심연 수석부장이요?]

"그래."

[그 사람 모르면 유흥가에서는 간첩이죠.]

"김 부장 룸에 외국 유명 인사들이 들락거린 것도 아냐?"

[뭐 소문은…….]

"삼손전자하고 현태자동차 오너들도 들락거린다지?"

[그렇다던데요?]

"거기에 비하면 우리 1번 룸 손님들이 좀 딸리지?"

[뭐 그렇기는…….]

"그렇잖아도 어느 정도 골격을 갖추면 명사들 공략에 나설 생각이었다."

[명사라면?]

"대한민국 최고의 재벌이나 유명인, 혹은 정치인, 교수, 방송인 등등……."

[될까요?]

"당연히! 너, 우리가 진상 처리할 때 오늘 같은 날이 올 줄 알았냐?"

[음… 그건 그래요.]

"올라갈 때 올라가야지, 여기서 만족하면 이걸로 끝이야."

[그래도 지금은 나쁜 놈들 심판해서 어려운 사람도 돕고…….]

"그건 앞으로도 마찬가지다. 악질 치부자들은 탈탈 털어내서 사회에 환원해야지. 하지만 품격 높은 손님들이 늘어나는 것도 중요해. 사람들은 잘되는 곳으로 꼬이게 마련이니까."

[알았어요. 까짓것 하면 되죠, 뭐.]

"그러니까 중국은 미뤄두고 오늘에 올인!"

[알았어요.]

장호의 목소리에는 아쉬움이 묻어났다. 당장에라도 중국으로 날아가고 싶은 눈치다.

왜 아닐까? 장호 역시 외국은 처음이다. 해본 일이라고는 딸 배와 보조 웨이터가 거의 전부인 장호. 개나 소나 다 다니는 해외여행 시대니 마음이 앞설 만도 했다.

"한 두어 명 골라라. 초대는 내가 책임질 테니."

[옙.]

장호가 가뜬하게 수화를 그렸다.

장호가 뽑은 건 보험왕과 자동차왕이었다.

보험왕은 6년 연속 보험 판매왕에 오른 여자. 너무 한 사람이 상을 독식하자 회사에서 그 상을 없애 버릴 정도였다. 목표가 사라지자 흥미를 잃은 판매왕은 임원으로 자리를 바꿨다. 하지만 그 또한 재미가 없어 최근에 다시 보험 판매에 나섰다고 한다. 타고난 사람이다.

자동차왕 역시 엄청난 기록을 올리고 있었다. 연간 판매 대수가 무려 600대였다. 남들은 30대 팔기도 어려운 판에 하루 두 대 가까이 팔아치우다니.

호기심이 반짝 머리를 들었다.

"홍 부장님!"

오토바이가 카날리아에 가까워졌을 때였다. 만복약국 앞에 나와 있던 류 약사가 길모를 불렀다.

길모는 장호의 오토바이에서 내렸다.

"괜찮으세요?"

류 약사가 물었다.

"뭐가요?"

"얘기 들었어요. 어제 119 구급대까지 출동했다면서요."

"예? 그 소문이 벌써 여기까지 났어요?"

길모는 머쓱한 미소를 지었다. 아마 일찍 나온 보조들이 약국에 와서 떠벌이고 간 모양이었다.

"불량배들을 수십 명이나 상대했다면서요?"

불량배 수십 명.

소문이라는 게 이렇다. 한 다리만 건너가면 뻥튀기에 제곱이 된다. 아마 류 약사는 길모가 어젯밤에 슈퍼맨이 되어 불량배 일개 사단을 때려눕혔다고 들었을지도 몰랐다.

"그건 아니고요, 사소한 일이었습니다."

"무슨 말씀이세요? 기절까지 했다고 하던데······."

"아, 그건······."

"아무튼 다행이네요. 얘기 들으니까 괜히 걱정이 되더라고요."

걱정!

그 단어가 길모의 가슴에 꽂혀왔다.

"이거··· 가져가세요. 제약회사에서 샘플로 가져온 건데 피로 회복과 자양강장에 아주 좋대요."

류 약사가 신제품 드링크 박스를 내밀었다.

"고맙습니다."

"진짜 다친 데는 없죠?"

"그, 그럼요."

"어휴!"

류 약사는 안도의 숨을 쉬더니 살포시 약국 안으로 사라졌다.

"······."

길모는 드링크 박스를 든 채 움직이지 않았다. 류 약사가 내 생각을 하다니··· 가만있어도 입꼬리가 꿈실거렸다.

[형, 입 좀 닫아요. 먼지 들어가겠어요.]

보다 못한 장호가 수화를 그려댔다. 길모는 약국 안에 시선을 꽂은 채 장호에게 박스를 던져 주었다. 장족의 발전이었다.

'대시 타이밍을 잡아야겠어.'

길모는 즐거운 마음으로 카날리아의 문을 열었다.

"홍 부장!"

계단을 내려서자 서 부장이 손을 흔들며 맞아주었다.

"이거 하나 드시죠."

길모가 드링크를 내밀었다.

"어제 뒷방 타다가 진상 검사까지 해치웠다며?"

"벌써 얘기 들었어요?"

"아까 사장님에게 전화받았다. 홍 부장이 고생 도맡아 했으니 다들 좀 챙겨주라고······."

"고생은요······."

"게다가 최 회장님 중국 사업에 관상 고문으로 동행?"

"아, 예······."

"이제 카날리아의 태양은 너다. 암!"

"그런 말씀 마십시오. 저는 아직 배워야 할 게 많습니다."

"그야 물론이지. 하지만 너는 잘 해낼 거다. 일단 자세가 되었잖아."

"아따, 그 뭐 그런 거 가지고 그럽니까? 누군 저만할 때 그런 적 없었습니까? 다 그러면서 크는 거지……."

서 부장 뒤로 다가온 이 부장이 딴죽을 걸었다.

"이 부장, 말이라도 그렇게 하는 거 아니야. 아, 아닌 말로 어제 그 주먹들이 여기서 칼부림했어 봐? 당분간은 영업은 꽝이고 경찰서에 불려다녀야 하잖아? 그걸 빌미로 불법 단속이다 뭐다 해서 공무원들이 들락거리면 한동안 손님도 안 올 테고."

"……."

"우리 인정할 건 인정하자고."

서 부장이 쿨 하게 인증하자 이 부장은 꿀 먹은 벙어리가 되었다.

그 뒤로 아가씨들이 들이닥쳤다. 그녀들의 명품 경쟁은 오늘도 진행형이었다. 에이스들은 어제와 다른 헤어스타일이었고, 어제와 다른 핸드백이었다. 어쩌면 펫도 어제와 다른 수컷을 달고 왔을지도 모를 일이었다.

*　　　　*　　　　*

접대하지 말고 대접을 하라.

정서를 공감하라.

AS는 돈 주고 사야 할 소중한 기회.

초저녁 방문한 자동차 판매왕이 길모 사단에게 들려준 핵심이었다. 길모는 홍길모 사단 5명을 모두 불러들여 판매왕의 이야기를 듣게 했다.

"어떻게 다른가요?"

길모가 사단을 대표해 물었다.

"사람들은 판에 박힌 접대를 하지요. 예를 들어 이런 템프로 말입니다. 여기 와서 럭셔리한 분위기에서 예쁜 아가씨 옆에 두고 고급 양주 한잔 마시는 접대가 보편화되었습니다. 하지만 의례적 아닙니까? 그래가지고는 대접받았다는 기분이 들지 않습니다. 고급 술을 사는 게 중요한 게 아니라 상대를 고급스럽게 대우해 주는 대접이야말로 접대의 본질인데 다들 그걸 잊고 있지요."

"그럼 정서의 공감은요?"

"비슷한 맥락입니다. 정서적 공감, 즉 주파수가 맞지 않으면 아무리 봉투를 찔러주고 계약에 대한 인센티브를 준다고 해도 오래 이어지지 않습니다. 봉투에 돈을 담되 정을 함께 담아야 한다는 겁니다."

"어떻게요?"

"저 같은 경우는, 예를 들어 제 능력으로 자동차 가격을 깎아 줄 수 있다면 말입니다. 깎아서 돌려줄 돈은 반드시 5만 원권 신권으로 준비하고 덤으로 고객이나 고객의 가족에게 꼭 필요한 걸 끼워 넣습니다. 골프광이면 부킹권, 여행광이면 해외여행권, 음악애호가면 공연 티켓, 그도 저도 아닌 독서광이면 쓸 만한 책 두 권 정도를 준비해 함께 건네드리지요."

'취미를 고려한다?'

"우리 동료들은 이런 경우에 대개 계좌번호 달라고 해서 입금을 시키지요. 하지만 계좌하고 빳빳한 현금을 받는 기분은 천지 차이입니다."

"으음……."

"제 단골 중에 유명 탤런트가 계신데 그분이 그래요. 어떤 계약이 들어왔는데 1억 줄 테니 하자라고 한다면 많이 생각해 보게 된대요. 하지만 현금을 8천만 원 딱 내놓으면서 하자고 하면 바로 오케이를 외치게 된다더군요. 그 차이를 아시겠죠?"

명쾌한 예였다.

인간의 마음이란 게 견물생심 아닌가?

판매왕의 한마디 한마디는 진리에 가까웠다. 다들 흉내는 내고 있다. 하지만 그건 겉핥기일 뿐이었다. 결국 본질에 다가서는 게 관건. 판매왕은 그걸 알고 있었다.

"좋은 말씀이군요. 그런데 AS는 왜 돈 주고 사야 한다는 거죠?"

길모의 질문이 이어졌다.

"대다수 사람들은 거래 자체에만 혈안이 됩니다. 상품이면 상품, 계약이면 계약, 끝내고 나면 바로 변심하지요. 화장실 갈 때와 나올 때 마음이 다르다는 겁니다. 이럴 때 AS나 하자가 나오면 반가울 리가 없지요. 하지만 거꾸로 생각해 볼까요? AS는 그 사람과 내가 공식적으로 만날 수 있는 찬스입니다. 또한 그 사람에게 신뢰를 줄 수 있는 기회입니다. 예컨대 차를 팔고 2~3년간 아무런 문제가 없다면 세일즈맨에게 좋을까요, 나쁠까요?"

판매왕이 길모 사단을 바라보았다.

"나빠요!"

대답은 혜수가 했다.

"왜죠?"

판매왕이 빙그레 웃으며 물었다.

"관계의 끈이 끊어지는 거니까요. 인연이란 결국 관계의 문제인데 만남 자체가 없다면 그게 이어질 수 없잖아요."

"이야, 역시 텐프로 아가씨들은 수준이 다르군요. 정답입니다."

[그게 왜 정답이죠? 물건 팔고 문제없으면 좋은 거지…….]

승아가 수화를 그리자 판매왕이 길모를 바라보았다.

"우리 승아는 잘 이해가 안 간답니다. 원래 우리나라 사람이 아니거든요."

통역은 길모가 해주었다.

"설명해 드리죠. 타인의 인간성을 알려면 어려울 때 같이 지내봐야 한다는 말이 있습니다. 좋을 때는 다 좋을 수 있으니까요. 말하자면 궂은일에도 한결같은 사람, 그 사람이 신뢰를 얻을 수 있습니다. 예컨대 자동차의 하자는 영업사원의 잘못이 아닙니다. 하지만 그걸 귀찮아하면 결국 영업사원의 잘못으로 귀결이 되죠. 흠이나 하자, 자잘한 문제로 저를 찾는다는 건 그 사람이 나를 필요로 한다는 뜻입니다. 바로 관계가 잘되고 있다는 반증, 혹 잘 안 되고 있을 때라면 잘될 기회를 주겠다는 신호가 아닙니까?"

"……!"

가만 생각해 보니 맞았다. 이제 보니 판매왕의 말은 서 부장의 말과도 통하고 있었다.

처음 온 손님에게 최선을 다한다.

두 번째 온 손님에게도 최선을 다한다.

단골에게는 물론 최선을 다한다.

손님은 감성적이다.

누구든 내가 푸대접을 받거나 대우를 못 받는다고 생각하면 발길을 돌린다. 하지만 그 반대라면 그는 기회가 날 때마다 홍보를 해준다.

그 가게 괜찮아.

그 영업사원 믿을 만해.

입소문이다. 그리고 대한민국에서는 입소문만큼 확실한 홍보법은 없다.

판매왕은 카날리아에서 차 세 대를 팔았다. 자동차 판매왕이 왔다니까 에이스들이 콜을 한 것이다. 더불어 홍연도 자기 아버지 차를 바꿔주었다.

판매왕은 깔끔하게 테이블 계산도 마쳤다. 길모가 강의료라고 거절했지만 그는 한사코 계산을 했다. 자기가 먹은 건 책임져야 한다는 게 그의 논리였다.

상큼한 매너였다.

중소기업 대표 두 팀이 마감된 후에 재미난 손님이 찾아왔다.

노가다왕!

금고털이왕!

이 두 사람을 데려온 건… 바로 대한민국 최고의 금고회사 선용금고의 사장이었다. 선용금고의 사장은 선용주. 그는 노봉구의 추천이라며 예약을 해왔다.

길모의 손님들, 새끼를 치고 있다. 이 또한 방금 전에 다녀간 자동차 판매왕의 1등 비결과 통하는 일이었다.

노가다왕은 예순 살이 넘어 보였고 금고털이는 일흔에 가까운 노익장이었다.

명함을 받아 들자 길모의 기분이 묘했다. 대한민국 최고 금고회사의 사장이라니! 묘한 건 한 가지 더 있었다.

금고털이의 눈빛.

딱 한 번이지만 사납게 흔들리다 멈췄다. 본능일까? 전문가끼리 알아보는?

길모는 시치미를 떼고 손님을 맞이했다.

"초이스할까요?"

1번 룸에 들어선 선 사장이 동행자들에게 물었다.

"아이고, 이런 데 온 것만 해도 황공한데 무슨 초이스입니까? 그냥 싼 양주나 한 병 마시면 되지요."

노가다왕이 먼저 손사래를 쳤다. 그건 금고털이왕 박공팔도 마찬가지였다. 칠순의 나이에 허름한 옷차림. 템프로에 올 손님들이 아니었다.

"박 고문님까지 그러십니까? 이 집 괜히 마음에 든다더니……."

"그거야 그냥……."

"아닙니다. 늙을수록 젊게 살아야죠. 홍 부장, 부탁하네."

선 사장은 초이스 오더를 내렸다. 길모는 대기실로 가서 아가씨들을 총출동시켰다.

"야, 그거 너무 심한 거 아니냐? 촌 노인네들 그냥 몇 명 데려가면 되지."

이 부장은 못마땅한 모양이었다.

"왜 그래? 이 시스템은 이 부장이 제의한 거잖아? 에이스 몽땅 투입하자는 거?"

다행히 옆에 있던 강 부장이 길모 편을 들어주었다.

에이스!

괜히 붙은 이름인가? 늘씬, 찬란, 쭉빵한 몸매의 에이스와 아가씨들은 뒤태만으로도 남심을 흔들기에 충분했다.

에이스와 아가씨들이 줄줄이 들어서자 노가다왕과 금고털이는 얼굴을 바로 들지 못했다.

고기도 먹어본 놈이 잘 먹는 법. 나이도 나이려니와 얻어먹는 처지다 보니 아가씨들의 위용에 질려 버린 모양이었다.

"하핫, 우리 고문님들이 이렇게 쑥스러워하시니 초이스는 홍 부장이 알아서 해주시게나."

분위기 때문인지 선 사장도 더는 고집을 부리지 않았다. 그렇다면 길모의 선택은 당연히 홍길모 사단이었다.

"이런 데 오는 걸 달가워하는 분들이 아니니까 술은 적당한 걸로 세팅해 주고."

선 사장이 메뉴판을 밀었다. 길모는 로얄살루트 38년으로 테이블을 장식했다.

술이 한 잔 돌았다. 길모는 명함을 건네고 나갈 준비를 했다. 그때 선 사장의 목소리가 길모를 돌려세웠다.

"홍 부장!"

"예, 사장님!"

"여기 오시는 분들 중에 개인 금고 가진 분들 많지?"

"예?"

"하지만 금고라고 다 금고는 아니지."

"……."

"건설업자 하정국 씨 금고… 가짜양주 지하실 화재 사건의 금고……."

"……?"

순간 길모는 피가 확 얼어붙는 걸 느꼈다. 둘 다 길모가 살포시 털어주신 사람들. 선용주 사장은 가지런한 시선으로 길모를 바라보고 있었다.

이 사람, 뭘 알고 있는 건가?

"뭘 말씀하시려는 건지?"

길모는 침착하게 선용주를 바라보았다.

"아, 그냥 최근에 금고와 관련된 사건들이라네."

"……."

"그 사건들, 알기는 알지?"

"예? 잘……."

길모는 고개를 흔들었다. 선 사장의 의도를 모르니 섣불리 대답하기 어려웠다.

"사람, 잘나가는 관상도사라면서 긴장하기는… 그 사건들은 화재 사건이지만 그 안에 금고가 있었지 않나? 내가 금고를 만들다 보니 금고와 관련된 사건은 빠짐없이 챙겨본다네."

"아, 예……."

"그 양반들 어리석기 짝이 없지. 나중에 우리 직원들이 그 금고를 사왔는데 참 어이가 없더라고."

'금고를 사가?'

"여기 단골 중에도 금고 있는 분 많다고 했지?"

"그럼요. 금고 자랑하는 분들이 한두 분이 아니세요. 자기 금고에 든 돈이 한국은행보다 많다는 분도 계시고……."

질문에 대신 답한 건 혜수였다.

"하핫, 그럴 줄 알았네. 요즘 개인용 금고가 많이 팔리고 있거든."

"예……."

길모는 가볍게 맞장구만 쳐 주었다. 딱히 길모의 행적을 알고
하는 질문은 아닌 것 같지만 여전히 지켜볼 필요가 있었다.

"궁금하지 않은가? 불에 탄 고물 금고를 왜 사왔는지?"

선 사장이 길모를 바라보았다.

"연구하시려고요?"

"맞았네. 연구!"

선 사장은 무릎을 탁 치고는 말을 이어갔다.

"실은 그 금고가 우리 회사 제품인가 걱정을 많이 했었는데
아니더군. 조악한 모조품이었어."

"……."

"물론 그렇다고 해도 우리에겐 큰 도움이 되었지. 강철이 불
에 녹은 정도라든가 뒤틀림 같은 거… 그런 건 실제 화재현장에
서 나온 게 큰 도움이 되거든."

"……."

"그럼 여기서 퀴즈, 맞추면 보너스네!"

선 사장이 십만 원권 몇 장을 꺼내놓았다.

"지상 최강의 금고를 여는 사람이 있을까? 그런 금고는 불에
탈까 안 탈까?"

창과 방패의 모순.

재미난 질문이 나왔다.

"열 수 있을 거 같아요!"

혜수가 첫 테이프를 끊었다.

"불에는 안 타요. 요즘 그런 금고 많다던데요?"

유나가 두 번째.

[저도 열 수 있다에 한 표. 불에 안 타는 금고가 있다에도 한 표!]

마지막은 승아가 수화로 참가했다.

"우리 홍 부장은?"

선 사장의 시선이 길모를 바라보았다. 간단한 퀴즈라지만 길모의 마음속에는 천변만화가 일었다. 어떻게 대답해야 할까?

"열릴 것 같습니다. 보안이 강해지면 그걸 뚫는 사람도 머리를 짜내게 되니까요."

길모, 그냥 느낌대로 대답해 버렸다.

노가다왕과 금고털이왕이 웃는 사이에 선 사장은 길모와 혜수와 승아에게 수표 한 장씩을 건네주었다. 그 다음에 설명이 나왔다.

"모든 금고는 결국 열리게 되어 있고 불에 타게 되어 있다네!"

"에? 하지만 내화금고가 있잖아요? 전에 지방의 큰 절에 불이 났을 때도 거기 금고 안은 끄떡없었다던데?"

유나가 반문을 했다.

"내화금고는 있지. 하지만 얼마나 견디냐의 문제일 뿐이라네. 결국에는 열리고, 결국에는 타게 마련이지."

설명은 길모의 흥미를 끌었다.

결국엔 열린다.

그건 호영의 경우였다. 그러면 어떤 금고도 문제가 되지 않는다. 그렇다면 선 사장은 호영의 존재를 알고 있는 걸까?

"한국에도 그런 사람이 있습니까? 어떤 금고든 척척 열어내는?"

길모, 속내를 숨기고 물었다.

"홍 부장 옆에 있지 않나? 대한민국 최고의 금고전문가 박공팔 어르신!"

선 사장이 박공팔을 가리켰다.

"전문가라니오? 그저 별만 무수할 뿐인데……."

별!

전과자라는 얘기다. 그렇다면 박공팔은 금고털이 전문 전과자인 모양이었다.

"그리고 금고 따는 거라면 여기 이대윤 고문님을 당할 사람이 있겠습니까?"

박공팔은 공을 노가다왕에게 넘겼다.

"하핫, 저야 무식쟁이 노가다 출신 아닙니까? 그저 후려까고 쥐어뜯어 발겨 버리는."

화제에 오른 노가다왕이 어깨를 으쓱해 보였다.

"어차피 금고를 따야 할 입장이라면 부수든 열든 무슨 상관인가? 문만 열리면 그만이지."

박공팔은 손에 든 양주를 비워냈다.

박공팔과 이대윤!

두 사람은 공식적으로 선용금고의 기술고문들이었다.

금고 회사는 신제품을 만들어낸다. 견고하고 내화성을 갖춘 금고. 그걸 개발하는데 사활을 걸고 있다. 내화금고는 섭씨 1010도 불 속에서 1시간 동안 내부 온도를 177도 이하로 유지해야 한다.

이를 위해서 돌, 시멘트, 콘크리트, 강철 등 수십여 종의 내화 성분제를 최적의 비율로 섞는 기술이 필요하다. 불길 속에서 금고가 뒤틀리거나 틈새가 벌어지면 끝장이다.

신제품 개발이 끝나면 바로 이들 전문가 팀이 투입된다. 이대윤은 소위 노가다판의 상징인 '빠루'의 명인. 그거 하나면 웬만한 금고는 죄다 입을 벌렸다. 이런 무자비한 빠루질 공격에서 15분 이상을 견뎌야 하는 게 일본 공업 규격이다.

박공팔은 무대뽀가 아니라 테크닉으로 금고를 공략한다. 선 사장의 소개대로라면 그는 대한민국 금고 전과의 역사를 쓴 사람.

정치판 여당의 중앙 금고부터 경찰서의 금고까지 털어보지 않은 금고가 없을 정도였다. 덕분에 전과가 자그마치 혜수의 나이와 비슷한 28범. 형무소에서 새해를 맞은 것만 해도 19번이었다.

"그럼 저 선생님도 금고털이 전과가 있나요?"

호기심 많은 유나가 이대윤을 보며 선 사장에게 물었다.

"있지. 하지만 다 옛날 얘기라네."

선 사장이 웃으며 대답했다.

이대윤!

박공팔이 기술자라면 이대윤은 노가다형이다. 문을 여는 게 아니라 금고를 찢어(?)버린다. 막연한 완력이라면 어림도 없을 일.

하지만 이대윤의 빠루질은 한마디로 예술이니 노가다 빠루공과는 레벨이 달랐다. 적절한 각도와 힘을 이용해 나름 물리학적(?)으로 금고를 제압하는 것이다.

"그럼 두 분이 겨루시면 누가 이길까요?"

길모도 호기심이 발동했다.

"다들 그걸 궁금해하더군. 나도 그랬는데 지금까지는 근소하게 박공팔 고문님이 앞서고 있다네. 3 대 2쯤 되지요?"

선 사장이 박공팔에게 확인을 구했다.

"뭐 대충 그럴 겁니다."

박공팔이 머쓱하게 대답했다.

"에이, 저 형님은 그래도 진퉁 전문가 아닙니까? 저야 완전 무대뽀고……."

이대윤은 겸손하게 물러섰다.

그때였다. 분위기에 휩쓸린 유나가 괜한 말을 던지고 말았다.

"우리 홍 부장님도 따쇠 소질 있으신데… 작은 자물쇠나 비번 걸린 가방 같은 거 척척 따거든요."

"……."

잠시 긴장이 풀리던 길모는 심장이 뜨끔해지는 걸 느꼈다. 포스가 다른 두 금고 전문가 앞. 그러나 유나에게 무안을 주지는 않았다. 대화의 내용으로 보아 가볍게 묻어갈 수도 있는 일이었다.

그런데!

"그럼 이거 한 번 따보시겠나?"

바로 박공팔이 반응을 보였다. 그가 내민 건 주먹만 한 네모난 상자. 그 앞에는 다이얼이 달려 있었다. 말하자면 금고의 다이얼 부분만 쏙 떼어낸 것 같았다.

어서!

그의 눈은 묵직하게 재촉해 왔다. 여태 기다리고 있기라도 한 듯이.

"열어보세요. 오빠 그런 거 잘하잖아요?"

뭐라고 할 여유도 없이 유나가 네모난 상자를 받아 길모의 손에 올려놓았다. 많은 눈동자가 길모에게 쏠려왔다.

특히 박공필의 시선은 매울 정도로 따가웠다. 어딘지 모르게 깊고 우묵한 눈빛… 그 눈빛은 심장 깊은 곳까지 찔러왔다.

길모는 자연스럽게 다이얼을 잡았다. 그러면서 슬쩍 박공팔을 살펴보았다. 금고털이 전문가 박공필. 그 역시 길모에게 느낌이 있는 걸까? 술잔을 놓고 끊임없이 주목하고 있었다.

번호는 한참 후에 보였다. 집중하지 않았기 때문이었다. 완전 원시적인 다이얼 속에 자리한 독특한 기어 체계.

총 여덟 개의 기어가 피보나치 수열 타입으로 맞물리는 다이얼. 난이도가 무척 높았지만 굳이 열고 싶지는 않았다. 길모는 1, 3까지 맞추고는 일부러 손을 들었다.

"어려운데요?"

그러자 술을 입에 물었던 박공팔이 쿨럭, 술을 뱉어냈다.

"늙으면 식도가 변변치 못해서… 죄송합니다."

박공팔은 사래질로 계속 쿨럭거리며 선 사장에게 미안함을 표했다.

"오빠도 못 해요?"

기침이 멈추자 유나가 실망스러운 눈초리를 지었다. 그런 유나에게 길모가 다이얼을 쥐어줘 버렸다.

"네가 맞춰봐라. 또 아냐?"

길모는 괜한 유나를 부추겼다.

"좋아요. 내가 맞추면 뭐 주실 거예요?"

"열면 상으로 백만 원 주지. 아니, 천만 원!"

대답은 선 사장이 했다.

"진짜 주셔야 해요. 제가 이래 뵈도 퍼즐 좀 맞추거든요."

씩씩한 유나가 팔을 걷어부쳤다. 그녀는 오래가지 못했다. 돌려도 돌려도 작은 문은 열리지 않았다. 혜수도 승아도 마찬가지였다.

"힘들 거야. 그게 바로 대한민국 두 번째 어려운 조합의 기어거든."

선 사장이 웃으며 말했다.

'두 번째 어려운 조합의 기어?'

골똘해진 길모가 혜수를 바라보았다. 길모가 궁금해하는 걸 그녀가 질문해 주길 바라면서…….

"그럼 첫 번째가 있다는 거네요?"

혜수는 길모의 기대에 어긋나지 않았다.

"그건 박 고문님이 말해주시죠."

선 사장이 박공팔에게 말머리를 돌렸다.

"왜 공을 넘기십니까? 어차피 사장님 숙제이기도 한 일인데……."

박공팔은 가벼운 미소로 넘겨 버렸다. 그러자 룸 안의 시선이 다시 선 사장에게 쏠렸다.

"하긴 그렇군요. 우리 고문님도 두 손을 든 난공불락의 금고… 그런데 그놈의 금고는 제조법이 없어서 현대의 첨단기술로도 흉내 낼 수가 없으니 말입니다."

난공불락의 금고.

길모의 호기심을 자극하는 단어가 또 나왔다.

"결국엔 열리고 결국엔 탄다면서 그게 안 되는 게 있단 말씀입니까?"

길모, 참았던 질문을 던지고 말았다.

"그게 일제시대 때 일본 놈들이 국내 최고의 자물쇠 명인 셋을 잡아다 강제로 만들었다는데, 완성 후에 명인들을 죽였다지 뭔가? 그 기술이 새어 나갈까 말이야."

선 사장은 고요한 룸에다 말소리를 채워 나갔다.

"그런데 해방이 되면서 그 일본인 또한 성난 우리 민족에게 맞아 죽임을 당했다지. 금고를 만든 자리가 절터다 보니 금고는 그 절의 소유가 되었지. 문제는……."

선 사장은 그쯤에서 말을 줄이며 이대윤과 박공팔을 바라보았다.

"그 금고의 비밀번호를 알고 있는 주지스님이 천 일 용맹정
진 기도를 하다가 쓰러지셨는데 의식이 혼미한 상태라 금고를
열 수 없는 거라네."

'금고를 못 연다고?'

"그래서 나한테 연락이 왔길래 여기 두 전문가를 보내드렸는
데 그게 그만……."

선 사장이 말끝을 흐렸다. 동시에 두 전문가의 표정도 어두워
졌다.

실패!

길모는 그 표정의 뜻을 알 수 있었다.

"거참… 영화 속의 대도들을 불러낼 수도 없고… 그대로 돌
아가시면 금고 안에 보물급 문화재도 있어서 레이저 절단이나
부분 폭파를 할 수도 없는 모양이던데……."

선 사장의 목소리에서 걱정이 묻어났다.

"아이고, 말씀 마십시오. 절에서 우리가 가기 전에 상금으로
1억을 걸고 전국 기술자들을 은밀하게 불렀던 모양이더라고요.
그 금고는 만든 놈을 데려오기 전에는 귀신도 못 엽니다."

이대윤은 질린 듯 고개를 저었다.

"그럼 말씀 나누십시오."

길모는 인사를 남기고 나왔다. 더 있기에는 어쩐지 부담스러
운 자리였다.

[형, 저 사람이 금고털이 전문가라고요?]

길모에 앞서 복도로 나온 장호도 호기심이 발동한 모양이었다.

"왜? 사부님으로 모시게?"

[누가 그렇대요. 그냥 궁금하니까 그러지.]

"뭐가?"

[형하고 저 사람요. 누가누가 더 잘 따나?]

"쓰읍!"

길모가 인상을 긁자 장호는 웃음을 멈췄다. 호영이 준 재주는 누구와 겨루는 과시용 재주가 아니었다. 더구나 전문가들에게 알려져서 좋을 것도 없었다.

길모가 말을 오래 섞은 건 금고회사에 대한 호기심일 뿐이었다.

금고 따기!

심판자로서 최후의 수단!

그렇다지만 어쨌든 길모는 금고를 열고 있다. 그러니 한편으로 보면 숙명적인 만남이 아닐 수 없었다. 그들은 금고를 만들고 길모는 그걸 연다. 길모는 이미 선용의 금고도 열어 재꼈다. 선 사장이 알면 뒤집어질 일이었다.

동시에 방금 들은 말이 마음에 걸리기도 했다. 퍼펙트한 특수 금고. 그 비밀번호를 아는 스님은 정신 혼미.

이거야말로 맨 처음 출격한 기노겁의 경우와 유사한 일이었다. 더구나 그 금고에 문화재까지 들어 있다니……

'응?'

장호를 바라보던 길모의 미간이 일그러졌다. 등 뒤의 인기척 때문이었다.

"뭐 필요하신 거라도?"

인기척의 주인은 박공팔이었다. 길모는 몸에 밴 서비스 감각을 발휘해 물었다.

"이런데 익숙하지 않아서 좀 답답하군. 나가는 계단이 저쪽인가?"

"예, 카운터 앞의 문을 열면 올라가는 계단이 있습니다."

"고맙네."

박공팔은 점잖은 한마디를 남기고 카운터 앞의 문을 밀었다. 하지만 거기서 발이 멈췄다. 그가 길모를 돌아본 것이다.

"잠깐 심부름 하나 해주실 텐가?"

'심부름?'

"뭐든지 말씀만 하십시오."

길모가 대답했다. 박공팔은 문을 놓고 계단을 올라갔다.

[내가 가볼게요.]

장호가 나섰지만 길모가 막았다. 그가 길모를 바라보며 말했기 때문이었다. 밖으로 나오자 담배를 피우는 박공팔이 보였다.

"뭘 도와드릴까요?"

길모가 옆에 서며 물었다.

"바람이 시원하군."

"……."

"자네 이름 그거 닉네임이지?"

"예?"

"웨이터들은 흔히 그렇지 않나? 조용필, 너훈아, 송태관……."

"……."

"옛날에 말이야 내가 빵에서 썩을 때 아주 유식한 놈을 만났거든."

서론을 던진 박공팔의 시선이 하늘로 향했다. 대체 무슨 말을 하려는 걸까?

"그때 어려운 말을 들었어. 뭐라더라? 지구상의 공기 분자는 유한해서 우리가 지금 숨 쉬는 이 공기 속에는 옛날에 죽은 부모님의 호흡도 있고 오래전에 헤어진 애인의 호흡도 몇 알 섞여 있다나?"

"……."

"어떻게 생각하나?"

"무슨 말씀인지……."

"그러니까 내 말은 자네의 말이 틀리고 내 말이 맞았다는 걸세."

'응?'

느닷없는 선문답이 튀어나왔다.

"틀렸다고요?"

"끝까지 시치미를 뗄 텐가?"

하늘을 보던 박공팔의 눈이 길모에게 방향을 틀었다.

"어르신……."

"어째 선 사장님이 여길 이야기할 때 괜한 끌림이 있더라니……."

"……."

"똑바로 보게. 나 박공팔이야. 그리고 지금은 우리 단둘뿐이고."

"……."

"자네에게 금고 따기의 비기를 전해준 박공팔!"

"……!"

금고 따기의 비기를…….

'전해줘?'

우르릉!

콰앙!

길모의 머리에 뇌성이 일었다.

어쩐지… 어쩐지 그의 시선이 예사롭지 않았다. 하지만 길모는 몰랐다. 텐프로에서는 만나기 어려운 직업. 길모가 금고를 털기에 느끼는, 초록은 동색 정도의 감정으로 넘겼던 일. 그런데 그가 호영을 알다니. 호영에게 금고 따기의 비기를 전해준 장본인이라니?

"어차피 자네는 호기심 차원이었고 그 방면 전문가로 나갈 생각도 없었지. 보아하니 대놓고 나를 아는 척하기엔 입장이 곤란한 모양인데 그렇다고 이렇게까지 안면을 몰수하면 섭하지."

"어르신……."

"그래도 나를 모른다고 할 텐가? 귀신처럼 내 관상을 읽어주고 그 대가로 금고털이 기술 전수를 원하던 그날을!"

"……?"

"나는 자네가 말한 대로 손을 씻었네. 금고를 따면서 먹고 살지만 범죄는 아닌 일. 그런 일을 해야 만수를 누릴 수 있을 거라고 했지? 자네가 아니면 그 누가 이 절묘한 미래를 내게 안겨주었을까?"

"……"

"그래도 모르나?"

"어르신……"

"좋아. 어차피 신들린 자네를, 불과 얼마 만에 나를 넘어버린 능력자인 자네를 내가 휘두를 수는 없겠지. 모른 척해도 좋으니 한 번만 도와주시게."

"뭘… 말입니까?"

"나는 보았네. 아까 자네가 열던 금고의 다이얼… 그걸 본 순간부터, 나는 숨도 제대로 쉬지 못했다네."

"어르신……"

"자네는 열 수 있었지? 하지만 열지 않았네. 나는 그걸 알아."

"……"

"도와주시게. 자네라면 그 절의 금고를 열 수 있네. 그건 범죄가 아니라 애국이라네. 안에는 오래전부터 모아온 절의 재산과 중요한 문화재, 보물 서류가 들어 있다네. 뿐만 아니라 그건 대한민국에 단 하나뿐인 희귀 금고. 그걸 열어서 금고의 비밀을 분석하게 되면 우리나라 금고산업의 발전에 엄청난 도움이 될

걸세."

"……."

"자네가 말했지 않나? 자네 말을 듣지 않으면 어둠을 밟으며 박복한 말년을 장식하지만, 말을 들으면 당당하게 햇빛을 맞으며 말년 운을 누릴 거라고."

박공팔이 한 발 다가섰다. 정신이 아늑해진 길모는 뒤로 두 걸음 물러섰다. 그야말로 뜻밖의 사태였다.

"이보게. 홍 부장, 아니 윤호영!"

결국, 그의 입에서 호영의 이름까지 튀어나왔다.

윤호영과 박공팔, 그리고 홍길모!

옷깃만 스쳐도 인연이라는 말이 여기 있었다. 상하좌우로 이어지는 우연의 필연화. 길모는 박공팔이 누군지 몰랐다. 들어본 적도 만난 적도 없었다.

그런데!

이렇게 만났다. 운명이 쏘아올린 인연의 신호탄이 긴 궤적으로 그리며 떠돌다가 오늘, 이 자리에 떨어진 것이다.

윤호영, 그의 또 한 사람의 스승!

그리고 윤호영에게 신묘한 기개를 넘겨받은 길모!

"명함이나 하나 두고 가시죠."

오랜 생각 끝에 길모가 말했다.

"이보시게!"

"저는 다른 룸 손님 때문에 이만……."

"끝내 거절하는 건가?"

박공팔이 길모의 소매를 잡았다.

"어르신……."

"어르신이고 나발이고 필요 없네. 오죽하면 내가 이러겠나?"

"죄송합니다."

길모는 박공팔의 손을 떼어내고 돌아섰다. 심정이 복잡하긴 하지만 나서기 힘든 일이었다. 관상과 달리 금고 따기 재주는 숨겨야만 했다. 그렇지 않다면, 이런저런 금고가 털릴 때마다 경찰이나 검찰의 용의선상에 오를 수도 있었다.

하지만 박공팔은 생각이 다른 모양이었다. 새벽이 되어서야 길모는 그걸 알게 되었다.

[형!]

퇴근을 위해 오토바이를 닦고 들어온 장호가 바삐 수화를 그렸다.

"왜?"

길모는 매상을 정리하고 있었다. 오늘도 나쁘지 않았다.

[그 손님 아직도 안 갔어요.]

"누구?"

[금고털이…….]

"……?"

[진짜예요. 주차장 구석에서 돌부처가 되었다니까요.]

"……."

[형이 나가봐요.]

"그냥 둬."

[예?]

"룸에서 버티고 있는 것도 아니고 밖에 있는데 우리가 무슨 권리로?"

[그렇긴 하지만…….]

"룸이나 정리하자. 다른 팀들은 다 갔을 거야."

[예.]

장호가 2번 룸을 치우는 사이에 길모는 1번 룸을 정리했다. 이런 허드렛일은 장호에게 시키면 그만이다. 그런데도 어려운 날들이 몸에 배어 직접 해야 직성이 풀리는 길모. 젊을 때 고생은 사서도 한다더니 맞는 말 같았다. 그러다 벽의 문구에 눈이 닿았다.

유복동향 유난동당(有福同享 有難同當)!

복은 나누고 어려움은 같이 헤쳐 나가자.

새삼스럽게 뜻이 떠오르자 괜히 마음이 찔렸다.

박공팔!

그는 지금 엄한 금고를 털자고 제안하는 게 아니었다. 반드시 열어야만 하는 금고인 것이다. 조금 확대하면 국가적으로도 도움이 되는 일.

고개를 돌리니 승아와 유나의 환상이 피어올랐다. 그녀들 둘이 룸에 들어가면, 승아는 대개 문자를 찍어 손님과 소통한다. 어쩌다 본능적으로 수화를 하면 유나가 번역해 준다. 그건 길모와 장호의 관계도 마찬가지였다. 직접 하지 못하면 한 다리를 건너면 되는 것이다.

'한 다리를 건넌다?'

길모는 생각에 잠겼다가 눈을 떴다.

마지막으로 가게 문을 닫고 나오자 새벽의 어스름 속에 서 있는 박공팔이 보였다.

[형!]

장호가 길모의 옆구리를 툭 쳤다.

"먼저 가라."

길모가 담담하게 말했다.

[예?]

"일단 먼저 들어가."

길모가 거듭 말하자 장호는 오토바이에 시동을 걸었다.

"언제까지 거기 서 있을 거죠?"

길모가 박공팔에게 물었다.

"원래 기술자라는 게 소위 곤조가 있거든."

박공팔이 대답했다. 승부를 보겠다는 뜻이었다.

"이 차가 어르신 차인가요?"

장호가 도로로 나가는 사이에 길모가 자가용을 바라보았다. 길모의 속을 모르는 박공팔은 담담하게 쏘아볼 뿐이다.

"키 주세요. 보여드릴게 있습니다."

길모는 박공팔을 향해 손을 내밀었다.

자작나무 숲은 새벽에 머금은 아침 이슬을 흘려대며 소곤거리고 있었다. 누가 저기에 저 나무를 심을 생각을 했을까? 볼 때마다 느끼는 거지만 탁월한 선택이었다. 가슴이 시리도록 하얀 자작나무를 보면 길모는 자꾸 숭고해졌다.

"여깁니다."

박공팔보다 서너 발 앞서 납골묘에 도착한 길모가 걸음을 멈췄다.

"보세요. 누가 누워 있는지⋯⋯."

길모가 묘지석을 가리켰다.

"⋯⋯?"

천천히 시선이 닿던 박공팔의 안면이 꿈틀거리는 게 보였다. 그러더니 어느 순간, 그는 한 무릎을 접고 주저앉았다.

"호영이⋯⋯."

오랜 풍상을 겪어온 그의 입에서 쉿소리가 새어 나왔다.

"이럴 수가⋯ 그럼 자네는?"

박공팔의 눈이 길모에게 옮겨왔다. 그 눈은 말이 없지만 지진이라도 난 듯 떨고 있었다.

"홍길모입니다!"

"말도 안 돼! 어떻게 이런 일이⋯⋯."

"윤호영은 태국의 바다에서 여객선 사고로 죽었습니다. 나는 어릴 때 헤어진 그의 쌍둥이 동생이고요."

쌍둥이 동생.

길모는 그 관계를 선택했다. 누구든 설득하기에 가장 좋은 그림이었다.

"쌍둥이?"

"우린 서로의 존재를 모르고 성장했습니다. 그러다 그 사고를 계기로……."

"허어, 허어!"

박공팔의 입에서는 탄식이 그치지 않았다.

"이제… 이해가 되시지요?"

"그랬나. 그럼 쌍둥이라서 자네도 관상을? 자네도 금고에 소질이?"

"관상은 재미로 배웠지만 금고는 아닙니다. 솔직히 누구든 웨이터 생활하다 보면 손님들 잠긴 차 따드리는 거나 간단한 자물쇠 여는 정도는 다 합니다."

그건 맞는 말이었다. 실제로 웨이터나 보조들 중에는 잠긴 차 정도는 철사 하나로 해결하는 친구들이 수두룩했다.

"아니야. 그건 차원이 다르네. 아까 다이얼을 만지던 자네의 손은… 단순한 손재주가 아니었어."

"술을 한잔하셨으니 괜한 생각이 든 겁니다. 더구나 저를 형으로 착각하고 있었으니……."

"허허!"

"……."

"자네 혹시 독수불원(獨水不遠)이라는 말을 아시나?"

'독수불원?'

물은 홀로 멀리 가지 못한다는 말이다. 박공팔은 왜 이걸 물은 걸까?

"자네 형이 나를 꼬셔 금고 따기를 배울 때 들려준 말이네. 별볼 일 없는 물방울도 한데 모이면 큰 물결이 된다고."

"무슨 의미로 하시는 말이죠?"

"아무튼 같이 가세. 그냥 옆에만 앉아 있어도 좋네. 그 또한 내게는 물방울이 될 테니."

"저는 자야 합니다."

"내 이제 술이 깼으니 자네는 차에서 자게. 그것도 불안하면선 사장님을 부르겠네. 어차피 그 양반도 조금 쉬고 거기로 향하겠지만."

"……?"

"질리나? 이 정도로 그러면 곤란하지. 자네 형은 당장 쓰러질 것 같은 몸으로도 열흘 가까이 나를 따라다니며 허락을 받아냈다네."

윤호영!

그라면 그러고도 남았을 것이다. 그가 필요하다고 생각하는 일이었다면.

"혹시 다른 단어는 기억나는 거 없습니까? 우리 형이 말한……."

"있지!"

박공팔은 기다렸다는 듯이 입을 열었다.

"겁!"

박공팔이 운을 떼우자,

"악!"

길모가 천천히 뒷말을 받았다.

"제!"

다시 박공팔,

"빈!"

마무리는 길모.

더 할 말이 있을까? 이 또한 필연 길모가 만나야 할 운명이었다.

"가는 거지?"

"······."

잠시 생각하던 길모는 결국 입을 열고 말았다.

"그러죠."

대답은 흔쾌했다. 어차피 해야 할 일이라면 찡그리지 않는다. 이미 길모의 철학이 되어버린 일이었다.

"그럼 잠깐 기다리시게. 내 총알처럼 내려가서 소주 한 병 사 올 테니까."

"소주요?"

"이렇게 만나게 되어 아쉽지만 그래도 소주 한 잔은 부어줘야지."

박공팔이 묘지석을 보며 쓸쓸히 웃었다.

충청북도에 자리한 절은 엄청나게 컸다. 산자락을 따라 온통 절 건물이었다. 그럼에도 위화감은 없었다. 자연과 어울린 목조

건물인 까닭이었다.

차에서 내리니 스님 두 사람이 나와 있었다. 길모는 박공팔을 따라 인사를 나누었다.

"이쪽이라네."

이미 와본 박공팔이 익숙하게 걸어갔다. 두어 개의 소담한 황토담을 지나자 산기슭 앞에 자리한 낡은 절간이 보였다.

"좀 열어주시겠습니까?"

마루 앞에서 박공팔이 말했다. 조금 젊은 스님이 다가와 문에 걸린 번호 자물쇠를 돌렸다.

7942!

길모는 멀리서도 비번을 알아 맞췄다. 마지막 2가 나란히 직선이 되자 자물쇠가 제거되었다.

"……!"

금고는 컸다. 사실, 처음에는 그냥 벽장의 일부로 보였다. 하지만 스님이 오동나무 여닫이문을 밀자 비밀스러운 자태를 드러냈다.

"이놈이라네."

박공팔이 가방을 내려놓았다. 아마 안에는 청진기 등의 소도구가 들었을 것이다.

"그럼 부탁합니다."

두 스님은 가벼운 인사를 두고 물러갔다.

"소감이 어떤가?"

박공팔이 겉옷을 벗으며 물었다.

"딱히……."

할 말이 없다는 건 거짓말이었다. 금고를 보는 순간, 길모의 오른팔이 이미 파르르 떨었다. 마음 같아서는 박공팔을 재끼고 열어젖히고 싶지만, 방안에는 CCTV까지 돌아가고 있었다. 그렇기 때문에 스님들이 마음 놓고 물러간 모양이었다.

"별 소감이 없다면 거기 앉아계시게. 전에 호영이도 그랬지. 나한테 배우다가 느닷없이 가르치곤 했단 말이야."

박공팔이 청진기를 꺼내들었다.

"가르쳤다고요?"

"그놈은 인간이 아니라니까. 하나를 알려주면 열을 알아요. 그러니 내가 낑낑거릴 때 한두 마디 거드는 게 여간 긴요한 게 아니었거든."

박공팔은 청진기를 목에 걸며 말을 이었다.

"혹시 아나? 자네가 거기 떡 하니 앉아 있으면 호영이 생각이 나서 힌트가 빡 하고 떠오를지. 그 뭐 텔레파시인가 뭔가……."

박공팔의 미소는 착해 보였다.

한때는 그 자신이 탐욕의 노예가 되어 번들번들한 욕심을 흘리며 금고에 달려들었을 박공팔. 그러나 탐욕을 버리자 미소가 바뀌었다. 악상(惡相)에서 선상(善相)으로 변한 것이다.

길모는 그의 얼굴에 서린 무수한 풍파를 읽었다.

'초년, 중년, 장년…….'

꼬이고 꼬인 형옥의 횡액이 알록져 보였다.

차라리 교도관이 되었더라면 도둑질은 피할 수 있는 운명이었다. 하지만 그의 인생에도 서광이 있었다. 길모의 눈이 유년 운기 부위에서 멈췄다. 장년 이후, 그의 운에 서광이 스며들었다. 그리고 그 운이 말년의 운을 세탁하고 있었다.

바로 윤호영을 만난 직후부터였다.

"그럼 슬슬 시작해 볼까?"

그사이에 박공팔이 금고 앞으로 다가섰다. 금고에는 작은 흠집들도 있었다. 그게 바로 이대윤이 남긴 빠루질의 흔적이었다. 빠루는 크다. 더구나 이런 초대형 금고를 여는 빠루라면 1미터가 넘었을 것이다. 그럼에도 불구하고 흠은 겨우 눈에 띌 정도. 실로 놀라운 기술이었다.

하긴 더 놀라운 건 금고였다. 빠루는커녕 작은 줄 하나를 물린 틈새도 없었다.

"이대윤의 빠루질은 예술."

오는 길에 차 안에서 박공팔이 했던 말. 길모는 그 말을 실감했다. 무식한 빠루를 들고 치고 까고 제낄 수도 있지만 그건 삼류 노가다들이 하는 짓. 이대윤의 빠루는 흡사 성형의의 세심한 손길처럼 금고의 약점만 골라 무리 없이 공략하는 절정의 기술이었다.

끄릭!

청진기에 몰두한 박공팔. 마침내 다이얼을 돌렸다.

키포인트는 네 곳이었다.

특이하게도 이중 다이얼과 단순미를 극대화한 일자형 양문형 빗장장치, 거기에 오른쪽 문에 보조 다이얼이 달렸다. 즉, 3중

안전장치를 채택한 것.

일단 다이얼부터가 문제였다. 세로로 나란히 배치된 두 개의 다이얼. 이것들이 상호 간섭 효과를 내며 열림을 거부하고 있는 것.

"후우!"

한동안 몰두한 박공팔이 한숨을 쉬며 청진기를 뽑았다.

"안 되나요?"

"이놈은 살아 있는 금고야."

박공팔, 흥미로운 말을 뱉어냈다.

"살아 있다고요?"

"아는지 모르지만, 이런 옛날식 다이얼은 안쪽 기어만 일치하면 열리게 마련이지. 그런데 이놈은 한쪽을 일치시키고 두 번째 공략에 나서면 맞춰둔 기어가 움직인다네. 즉, 한 방에 해결하지 않으면 주인이 아닌 걸 알아채고 스스로 방어에 나서는 거야. 요즘 난다 긴다 하는 금고 회사들의 첨단 금고 조합보다 더 똑똑하지."

"......?"

"하긴 이놈이라면 호영이가 와도 안 될지도 모르겠군."

박공팔의 목소리에는 지친 기색이 역력했다.

물을 한 모금 마신 그는 재도전을 했다. 얼마나 몰입하는지 그가 흘린 땀이 바닥을 흥건하게 만들었다. 그러나 금고는 땀 따위는 아랑곳하지 않았다.

"담배 한 대 피고 오겠네. 나가겠나?"

머리를 흔들며 일어선 박공팔이 길모를 바라보았다.

"다녀오세요. 저는 한 일도 없으니……."

"그러시게."

박공팔이 나갔다.

길모는 슬쩍 CCTV 각도를 확인했다. 카메라의 눈은 정확하게 금고를 향하고 있었다.

'살아 있는 생물 금고라…….'

길모는 초보자처럼, 그저 금고에 호기심이 있는 사람처럼 어기적 다가섰다. 일단은 만져도 보고 두드려도 보았다. 귀도 대보고 쓰다듬어도 본다. 누가 봐도 영락없는 호기심의 발로로 보였다.

그러다 대충 다이얼에 손을 가져갔다. 이제는 카메라를 등진 각도. 다이얼을 쏘아보는 길모의 눈에 불이 번쩍 들어왔다. 그 눈은 방금 전, 호기심에 겨운 얼치기의 그것이 아니었다.

'꼼짝 마라. 내가 너를 사냥할 터이니.'

길모의 손이 소리 없이 움직이기 시작했다.

한편 절간 마당으로 나온 박공팔은 사이좋게 어깨를 겨루는 기와담장 앞에서 담배를 피웠다. 연기는 귀신의 산발처럼 흩어졌다. 마음 또한 심란했다.

박공팔!

그는 소위 금고의 산증인이었다. 지금까지 그가 열지 못한 금고는 단 하나였다. 오죽하면 동양척식회사에서 빼돌린 골동품 금고도 열었고 해방 후 어수선한 틈을 타서 각 은행에서 빼돌린 금고도 열어주었다. 어떤 것은 50여 년간 열지 않아 녹으로 얼룩진 것들도 있었다.

그러다 첫 불가능을 맛보았다. 그날 밤의 느낌은 아직도 생생하다.

사실 그날 밤 이후로 박공팔은 호영을 머리에 그리고 있었다. 신들린 듯 기재를 흡수하던 윤호영. 그를 만난다면 그 금고를 여는 것도 가능할 것 같았다.

그러던 차에 이 금고를 만났다. 선 사장의 급호출이 날아온 것이다. 이 절에서 이대윤을 만났을 때 박공팔은 솔직히 웃음이 나왔다.

이대윤이 누군가?

그라면 한국은행 특수금고도 빠루 하나로 빗장을 열어젖힐 사람이었다. 거기에 더해 박공팔까지 불렀으니 웃음이 나는 건 당연한 일이었다.

하지만!

코웃음은 한순간에 사라졌다. 큰 스님이 금고를 보여주었을 때까지는 아니었다. 본래 잠금장치가 많다는 건 허접하다는 증거. 그러니 눈 감고 3분이면 해결하리라 생각했다.

그 꿈은 정말 일장춘몽, 순박한 소망이었다. 어찌 첫 다이얼의 기어는 맞췄다. 당연히 여유가 생겼다. 그런데 다음 다이얼 기어를 돌리는 순간, 알지 못할 절망이 뼛속까지 느껴졌다. 어쩌면 다이얼에서 괴이한 신음까지도 들리는 것 같았다.

생물!

그것도 괴생물.

박공팔은 그렇게 결론지었다. 슬쩍 답 하나를 보여 놓고 대한민국 최고 금고 전문가를 희롱하는 금고였다. 그러니 그게 어찌 금고란 말인가?

"후우!"

깊은 한숨을 쉬는 사이에 차량이 한 대 도착했다. 서울에서 출발한 선 사장과 이대윤이었다.

나름 대한민국 최고의 전문가 조합. 한 번 실패하기는 했지만 그렇다고 손을 들 수도 없는 일이었다.

"어때요?"

선 사장은 내리기 무섭게 물었다. 박공팔은 고개를 저었다.

"허어! 빌어먹을!"

선 사장 입에서 상소리가 새어 나왔다.

"오늘도 마찬가지입니까?"

이대윤의 손에는 큰 것에 더해 작은 빠루가 두 개 더 들려 있었다.

"일단 들어가죠."

선 사장이 앞서 걸었다. 박공팔은 그래서는 안 되는 줄 알면서 꽁초를 담벼락에다 던져 버렸다. 긴장하고 있는 것이다. 선 사장이 섬돌을 밟고 마루에 올라설 때였다. 느닷없이 방 안에서 비명이 터져 나왔다.

"으아악!"

"홍 부장?"

놀란 박공팔이 왈딱 문을 열어젖혔다.

"……!"

세 사람은 방 안의 광경에서 눈을 떼지 못했다. 길모가 거기 있었다. 금고 다이얼을 붙잡고 바들바들 떠는 자세로.

"왜 그러나?"

박공팔이 다가와 길모를 금고에서 떼어냈다.

"귀신… 금고에 귀신……."

길모는 눈을 까뒤집으며 뒷걸음질 쳤다.

"이거 마시게. 헛것을 보았나보군."

박공팔이 물주전자를 내밀었다.

"어떻게 된 겁니까?"

선 사장이 박공팔을 돌아보았다. 길모가 와 있다는 말을 듣지 못했기 때문이었다.

"사연이 있어서 함께 내려왔습니다."

"사연이라고요?"

선 사장의 시선이 길모에게 향했다. 교도소에서 수십 년을 썩은 박공팔. 이 세상에 그만큼 넓고 깊은 사연을 가진 사람이 또 있을까? 그걸 아는 선 사장이기에 더는 묻지 않았다.

"아우님이 한 번 어루만져 보시게나."

박공팔이 이대윤에게 턱짓을 했다. 그러자 이대윤이 빠루 예술을 선보이기 시작했다. 세련된 손동작으로 틈을 찾아내는 이대윤. 보통 사람은 커터칼날도 못 넣을 틈이지만 그는 끝내 빠루 날을 들이밀었다. 하지만 번번이 미끄러졌다. 어쩌다 날이 걸려도 각도가 맞지 않았다.

결국 실패!

이대윤은 처음처럼 고개를 절레절레 저으며 나갔고, 선 사장도 기자들이 오기로 했다며 뒤를 따라 나갔다.

"괜찮나?"

길모와 둘이 남자 박공팔이 물었다.

"예……."

"귀신이라고?"

"예… 호기심에 이리 저리 만져 보았는데……."

"그래. 어떻게 생겼던가?"

"모습은 못 봤지만 뭔가 제 혼을 확 밀어내는 듯한……."

"자네도 형을 닮아 겉보기하고 달리 몸은 약한 모양이군."

박공팔은 다시 청진기를 꺼내들었다.

"저기……."

지켜보던 길모가 조심스럽게 입을 열었다.

"말씀하시게."

"금고 속이 깊습니다."

"깊다고?"

청진기를 귀에 걸던 박공팔이 우묵한 눈으로 돌아보았다.

"예……."

"그럴 리가? 이 금고는 그리 깊지 않네."

박공팔은 확인이라도 시키려는 듯 금고 문을 두드려 보였다.

텅!

터엉!

금속은 긴 울림으로 대답을 했다.

"보게나. 문 쪽의 강판은 그렇게 두껍지 않아."

"어쨌든 속은 깊습니다. 그건 확실합니다."

"확실하다?"

"제가 웨이터 아닙니까? 술이 든 병을 많이 두드려 보아 그 정도는 압니다. 눈을 감고 두드려서 술이 얼마나 남았는지도 알 수 있거든요."

"그래?"

박공팔이 고개를 갸웃거렸다.

금고 강판의 깊이.

그건 청진기에게 긴요한 정보였다. 다이얼과 기어가 일치하는 소리를 들으려면 금고의 두께 또한 변수가 되기 때문이었다.

"호오, 이제 보니 그런 것도 같은데?"

왼쪽 문 위쪽의 다이얼을 해제하며 박공팔이 돌아보았다. 그는 고무된 얼굴로 오른쪽 위쪽의 다이얼에 도전했다.

끼릭!

좌로 두 번 돌다가 우로 한 번 도는 박공팔의 손.

"잠깐만요! 거기 스톱."

거기서 길모가 끼어들었다.

"왜?"

"소리가… 좀 다르지 않았나요? 방금 전… 16을 조금 지날 때……."

"16?"

박공팔은 침을 꿀꺽 넘기더니 다이얼을 살짝 뒤로 감았다.

"어이쿠, 이런!"

순간 미세한 소리가 새어 나오면서 박공팔의 표정이 밝아졌다.

"맞았습니까?"

"하나는 해결된 거 같네. 자네 아니었으면 또 왼쪽 문까지 도로아미타불이 될 뻔했구만."

"별말씀을……."

길모가 두 개를 도와주자 결국 감을 잡은 박공팔. 그는 기어이 나머지 기어를 일직선으로 맞추는데 성공을 했다. 이제 남은 건 손잡이 옆에 남은 마지막 다이얼.

그것 역시 마지막 다이얼이 어려웠지만 길모가 힌트를 주었다.

"조금만 더 돌려보세요. 11까지!"

11.

그게 마지막 키워드였다. 낡은 다이얼이 빡빡하게 11에 멈추자 손잡이가 거짓말처럼 돌아갔다.

"으아악!"

이번에는 박공팔의 비명이었다. 기자들과 담소를 나누던 선 사장이 방으로 내달렸다. CCTV를 보고 있던 스님들 역시 맨발로 불당을 향해 뛰었다.

"박 고문님!"

불당에 들어선 선 사장은 차마 입을 다물지 못했다. 금고가, 야속하도록 끄떡도 없던 금고가 입을 벌리고 있지 않은가?

"기가 막히군. 홍 부장 말이 딱이었어."

문을 연 박공팔이 혀를 내둘렀다. 금고의 손은 정말 깊었다. 그러나 금고 문의 두께가 깊었던 건 아니었다. 특이하게도 이중 문의 금고였다. 그러니까 다이얼장치가 끝나는 곳 뒤에 또 하나의 문이 버티고 있었던 것이다.

물론, 그 문은 더 이상 큰 장애가 되지 않았다.

그 문까지 열리자 큰 스님과 스님들이 일제히 절을 올렸다. 그런 다음 안의 내용물을 끄집어내기 시작했다. 기자들은 이미 불당에 들어와 이 세기의 금고를 촬영하느라 북새통을 이루었다.

"오늘, 누구의 손도 허용치 않던 불당의 금고가 열렸습니다. 이 금고를 여는데 진두지휘를 맡으신 세계적 명품 금고, 선용금고의 선 사장님을 모셨습니다."

기자는 선 사장을 붙잡고 인터뷰를 했다. 박공팔이 나서기 마땅치 않은 까닭이었다. 화면에는 절의 서류와 고서적, 그리고 절 대대로 내려오던 소중한 문서와 기념품 등을 비춰댔다.

왕이 하사한 물건부터 중국에서 건너온 물건까지 종류도 많았다.

절은 이내 인파로 휩싸였다. 불자들과 주변 사람들이 소문을 듣고 달려온 것이다.

길모는 커다란 은행나무에 기대 하늘을 보았다. 긴장이 풀린 걸까? 슬쩍 피로가 느껴졌다.

난공불락의 금고…….

그건 과연 길모에게도 쉬운 일은 아니었다. 박공팔의 말처럼 살아 있는 게 분명했다. 두 개의 다이얼은 시시각각 변하며 길모의 애를 태웠다.

결국 속도 싸움이 되었다. 기준점이 되는 왼쪽 기어가 풀리기 전에 오른쪽 기어를 맞추는 게 포인트였다.

마지막 보조 다이얼의 숫자는 맞추고 나서야 이유를 알았다.

11.

그건 불기 2531년을 파자한 합이었다.

2+5+3+1=11

이 해가 1987년, 그러니까 원로 스님이 금고를 넘겨받은 해. 스님이 기억하기 편하게 그해를 파자하여 마지막 번호로 삼은 모양이었다.

"여기 있었군."

불당에서 나온 박공팔이 다가왔다.

"박 고문님……."

"고문은 얼어 죽을… 전과자 나부랭이를 가지고……."

어디서 났는지 그가 과일 하나를 내밀었다.

"고맙네."

"예?"

"힌트 말이야. 사실 저 금고를 연 사람은 홍 부장일세."

"그럴 리가요? 저야 비명이나 질렀을 뿐인데……."

"천만에, 역시 내 판단이 옳았어. 자네의 힌트가 아니었다면 나는 열지 못했을 걸세."

"……."

"농담 아닐세. 역시 핏줄은 진해."

"아무튼 해결되어서 다행입니다만 저는 이제 그만 올라가야……."

"아, 그렇지. 출근을 해야지?"

"예."

길모가 웃었다.

"잠깐만 기다리게. 우리 선 사장이 자네에게 인사를 해야 한다고 하던데… 아, 마침 저기 오는군."

박공팔이 돌아보는 곳에서 다가오는 선 사장이 보였다.

"아이고, 홍 부장. 애썼네."

성큼 다가온 선 사장이 길모의 손을 잡았다.

"별말씀을……."

"내 얘기 다 들었네. 자네가 결정적인 힌트를 주었다고?"

"아닙니다. 그게 우연히……."

"천만에, 세상에 이유 없는 우연은 없다네. 이것도 따지고 보면 우리가 깊은 인연이 되라는 예지가 아니겠나?"

"예……."

"이거 받으시게. 얼마 안 되지만 고마움의 표시로 넣었네. 잠잘 사람을 끌고 왔으니……."

"괜찮습니다. 저도 바람 쐬고 좋았는걸요."

"어허, 받아요. 아니면 그 차 못 가게 할 거야."

선 사장이 웃으며 협박을 해왔다. 박공팔까지 거드는 바람에 길모는 봉투를 받아 넣었다.

"내 여기 일 마무리되면 한 번 들림세. 그때는 바가지 팍 씌우라고. 내가 일 년 치 접대비를 다 털어 넣어도 안 아까울 자리니까."

"그보다 사장님!"

선 사장의 말을 경청하던 길모가 고개를 들었다.

"왜? 할 말 있나?"

"그 신제품 실험장이라는 곳 말입니다. 언제 한 번 구경할 수 있을까요?"

"실험장? 그러시게. 그거야 뭐 문제될 게 있나?"

"그럼 부탁드립니다."

길모는 정중한 예로써 고마움을 표했다.

"저기, 나 좀 보십시다. 거기 금고 열어주신 분……."

막 차에 오르려할 때 큰 스님이 달려왔다. 박공팔이 핸들을 놓고 고개를 내밀었다.

"우리 주지 스님이 눈을 뜨셨지 뭡니까? 세상에, 한동안 숨소리조차 낮더니 오늘은 눈에 초점도 있습니다. 필경 금고가 열린 것을 아신 모양이니 얼굴이라도 뵙고 가시는 게……."

큰 스님은 한사코 박공팔을 원했다. 결국 길모까지 덤으로 내리고 말았다. 박공팔이 같이 가자고 고집을 부린 것이다.

"주지 스님, 금고를 열어주신 분들입니다."

절 뒤쪽의 조용한 내실, 큰 스님이 문을 열며 소리쳤다. 그는 문을 열어둔 채 박공팔과 길모를 불러들였다.

"보세요. 이제껏 생기가 없으시더니 이제 일어나실 모양입니다."

큰 스님의 목소리에는 활기가 가득했다.

하지만!

소박한 담요를 덮고 누운 주지의 얼굴을 본 길모는 덜컥 가슴이 내려앉았다.

'눈자위에 서린 검푸른 기운… 꺼지도록 파인 눈 밑을 따라 검은 기운이 활개를 치고 있다. 스님은……'

길모는 뒷말을 목으로 넘겨 버렸다.

"왜 그러시나?"

인사를 마치고 나온 박공팔이 길모에게 물었다.

"가슴에 뼈다귀처럼 덜컥 걸린 짐을 내려놓으셨습니다."

"주지 스님?"

"예……"

"당연하지. 그러니까 저렇게 생기가 도는 거 아니겠나?"

"생기는 맞지만 회광반조(回光返照)입니다."

"회광반조?"

"꺼지기 직전의 불꽃이 가장 환한 법이라죠."

"……?"

길모의 말을 알아차린 박공팔이 고개를 들었다.

"운전은 제가 하겠습니다."

길모가 손을 내밀었다. 박공팔이 키를 건네는 것과 거의 동시에 주지 스님의 거처에서 곡소리가 새어 나오기 시작했다.

"아이고, 스님!"

제7장

살상(殺相)을 기연으로!

"자네 집인가?"

날이 저물 무렵 서울에 닿았다. 겨우 시간에 맞춰 도착한 옥탑방. 그 건물 아래에서 박공팔이 물었다.

"제 집은 로열층입니다."

"로열층이면 4층?"

"그 위의 옥탑방입니다."

길모가 웃으며 대답했다.

"멋지군. 지하방을 천국의 쉼터라고 하던 형과 옥탑방을 로열층이라고 하는 동생이라……."

"형이 그랬나요?"

"뭐, 가보지는 못했네만……."

"아무튼 태워주셔서 고맙습니다."

"천만에. 자네야말로 내가 백수될 걸 막아줘서 고마워."

"백수라고요?"

"그렇지 않나? 선 사장은 경영자라네. 경영자들은 이윤을 추구하지. 그러니 중대한 비즈니스를 이루지 못하는 사람을 고문으로 둘 리 없지 않은가?"

"그렇군요."

"가겠네. 다음에 또 보세."

"예, 조심해 가세요."

길모는 운전석에 오르는 박공팔에게 손을 흔들어 주었다.

딸랑딸랑!

그러자 옥상에서 방울 소리가 내려왔다. 안 봐도 장호였다.

[형!]

"내 옷 가지고 내려와라. 올라갈 시간도 없겠다."

[알았어요.]

장호는 날듯이 계단 난간을 타고 내려왔다.

[일은 잘됐어요?]

"뭐 대충……."

[열었어요?]

"그것도 대충……."

[쳇, 끝까지 비밀이다 이거죠?]

"뉴스 안 나왔냐?"

[나왔으니까 이러죠. 뉴스에는 선용금고회사에서 열었다고

하던데 그럴 리가 없잖아요. 우리 형을 물로 아나?]

"그건 저분이 연 거다. 알았지?"

길모가 얼굴을 디밀며 다짐을 주었다. 비밀로 하라는 의미였
다.

[알았어요.]

"가자. 배가 좀 출출하다."

와다당!

길모가 올라타기 무섭게 오토바이 앞바퀴가 허공을 긁어댔
다.

식사는 대구탕을 먹었다. 장호랑 대놓고 먹는 곳이었다. 살짝
말린 대구에 홍합으로 육수를 낸 맛은 칼칼하기 그지없었다. 먼
여정의 여독이 가시는 것 같았다.

[이건 내가 먹을게요.]

머리가 남자 장호가 젓가락으로 전투를 걸어왔다.

"아서라. 대구에서 머리 빼면 뭐가 남냐?"

[에이, 형은 절에 다녀왔으니까 고기 먹으면 안 돼요.]

"미안하지만 난 스님 아니거든."

길모는 기어이 대구 머리를 낚아챘다. 그때, 한 무리의 사람
들이 투덜거리며 들어섰다.

"아, 돈 좀 되는 곳이면 재벌회사들이 전부 침을 바르
니……."

"그러게 말이야. 저 건물이 출퇴근하기 좋았는데……."

"사무실을 어디로 옮기려나. 너무 멀리 이사 가면 안 좋은데……."

보아하니 일용잡부들인 모양이다. 그들은 먼지 떨어지는 허름한 작업복 차림으로 테이블을 차지하고 앉았다.

"그나저나 저 양반이 TPT건설 송 회장 아니야?"

"누가 아니래? 재벌 회장이 여기까지 다 나오네."

"그 왜 신문에도 나잖아. 저 양반, 고희가 지났지만 불도저란 별명답게 현장마다 다 챙기고 다닌다고. 그러니까 이 건설 불황에 해외에서도 통하고 있는 거지."

TPT건설 송회장.

대한민국을 대표하는 굴지의 건설회사 수장이다. 일흔을 넘은 나이에도 건설 현장을 누비며 공정을 챙기는 불도저. 길모도 익히 들은 이름이었다.

식사를 마친 길모는 이쑤시개를 물고 밖으로 나왔다. 저만치 골목 끝에 웅성거리는 인파가 보였다.

[저 사람이 송 회장인가 봐요.]

장호가 수화를 그렸다. 인파들 사이로 빵모자를 눌러쓴 채 우뚝 버티고 선 사람이 보였다.

노익장에 속하는 나이지만 허리 하나 굽지 않았다. 그만큼 자기 관리가 철저하다는 얘기였다.

"저기에 빌딩이 들어설 모양인데?"

[검색해 볼까요?]

"관둬라. 우리랑 상관있는 것도 아니고……."

[하긴 그러네요.]

송 회장은 건설 부지를 돌아보고 세단으로 향했다. 직원으로 보이는 사람들이 앞으로 나와 길을 열었다. 세단은 좌우로 열린 길에서 길모 쪽으로 방향을 틀었다.

그러다가 길모 앞에서 멈추며 경적을 울려댔다. 다른 차량들이 좌우에 주차한 덕분에 통로가 좁아진 탓이었다.

"가자!"

길모는 서둘러 오토바이에 올랐다. 하지만 시동은 켜지지 않았다.

[키가 사라졌어요.]

장호가 주머니를 뒤지며 허둥거렸다.

"식당에 가봐라. 거기 빠졌나."

길모의 지시를 받은 장호가 식당으로 뛰었다. 그 사연을 모르는 세단이 또다시 경적을 울려댔다. 길모는 하는 수 없이 오토바이를 벽 쪽으로 끌었다. 틈이 생기자 세단이 천천히 움직이기 시작했다. 그리고 길모 앞에서 세단의 뒷문이 열렸다.

송광용 회장!

그는 짧은 챙이 달린 빵모자에 가린 얼굴로 손을 들어 보였다. 길모에게 고마움을 전하는 모양이었다. 그와 동시에 뒤에서 딸랑, 방울이 울었다.

세단 문이 닫혔다.

세단이 지나갔다.

"……!"

그런데 뭔가 찝찝한 여운이 길모에게 남았다. 짧은 순간에 본 송광용의 관상 때문이었다. 그의 관상. 빵모자의 그늘 때문에 확실하지는 않았다. 다만 한 가지는 분명했다.

좋지 않았다.

그것도 무척!

"장호야, 저 세단 따라잡아라."

[왜요? 우리 오토바이 박았어요?]

"아니, 그냥 따라잡아."

[관상이 안 좋아요?]

"그런 거 같아서."

길모는 장호의 옆구리를 잡았다. 오토바이는 단숨에 아스팔트를 박차고 나갔다.

바당바당 바다당!

세단을 따라잡은 건 일도 아니었다. 곡예를 하듯 차를 헤집은 장호가 바로 세단과 나란히 섰기 때문이었다.

"차 좀 세워요!"

길모가 세단을 향해 소리쳤다. 차는 반응하지 않았다. 손짓까지 동원해도 마찬가지였다. 아마 귀찮은 폭주족 정도로 생각하는지도 몰랐다.

다행히 세단이 신호에 걸렸다. 길모는 훌쩍 뛰어내려 세단 뒷문을 두드렸다.

"뭡니까?"

운전석이 대신 열리며 기사가 물었다.

"죄송하지만 잠깐이면 됩니다."

"그러니까 뭐냐고요?"

"송 회장님 맞으시죠? 아주 중요한 일인데……."

"……."

"1초만 관상을 좀 보게 해주십시오. 회장님 목숨이 걸린 일입니다."

길모는 조바심이 났지만 돌아온 대답은 까칠했다.

"별 미친놈들이……."

"제가 관상 전문가입니다. 오늘 회장님 일진이 아주 좋지 않습니다. 그러니……."

순간, 뒷차의 문이 열리며 세 남자가 튀어나왔다. 그와 동시에 다시 세단의 뒷문이 열렸다. 힐금 돌아보는 송 회장 얼굴이 보였다. 이번에는 모자를 벗은 얼굴이었다.

'오, 마이 갓!'

살상(殺相)!

살상이었다.

그것도 바로 닥쳐 올!

길모는 숨이 터억 막혔다. 스치며 보았던 관상의 불길함이 적중하고 있었다. 하지만 뭐라고 입을 뗄 사이도 없었다. 경호원들에 의해 뒤차에 태워지고 만 것이다.

이어 도착한 곳은 경찰서였다.

차가 아니었다면 경호원들을 떨쳐 내는 건 문제가 아니겠지만, 차 안에 갇히니 도리가 없었다. 자칫 잘못 나대다간 경호원들이 차에서 떨어질 수도 있었다.

일단 훈방이 되었다.

딱히 큰 위협을 한 것도 아니기 때문이었다. 무엇보다 노은철의 전화가 도움이 되었다. 하지만 그게 문제가 아니었다.

길모는 경찰서 주차장을 벗어나려는 경호원 차량 앞을 가로막았다.

"이 친구 진짜 왜 이래? 콩밥 제대로 먹고 싶어?"

경호원 하나가 인상을 긁으며 소리쳤다.

"미안합니다. 누가 책임자입니까?"

"납니다만."

책임자는 조수석에 있었다.

"혹시 관상 믿습니까?"

길모는 흡사 모터라도 단 듯이 말에 가속을 붙였다.

"관상?"

"안 믿으면 지금부터 한 번 믿어보십시오. 당신, 2남 1녀를 두었죠? 한 달 전에 이혼할 뻔했군요. 하지만 그 여자 버리면 안 됩니다. 복을 가져올 사람이거든요. 그리고 승진을 꿈꾸는 모양인데 올해 승진합니다. 그것도 한 달 후!"

"뭐야?"

길모가 줄줄 운명을 읊어내자 책임자의 눈이 휘둥그레졌다.

"어제 목돈 좀 만지셨죠? 하지만 엉뚱한데 투자하지 마시고 사모님 가져다주십시오. 오늘 벌써 살짝 까먹고 있는데 그거 열흘이면 제로 됩니다."

"……?"

"이제 믿겠습니까?"

"당신……."

"제가 진짜 관상 전문가입니다. 제발 좀 믿으시라고요."

길모의 목소리가 확 높아졌다.

"좋아, 좋아요. 제법 맞추는군요. 그래서 용건이 뭡니까?"

책임자, 이마에서 흘러내리는 땀을 닦으며 물었다. 귀신 같은 적중력을 어찌 무시할 수 있단 말인가? 책임자의 땀은 등골 쪽으로 물길을 이루며 흘러내렸다.

"지금 회장님, 어디로 가시는 겁니까?"

"그게 왜 궁금하죠?"

"말해요. 당신네 회장 얼굴에 죽음이 깃들었다고요. 지체하면 객사할지도 몰라요!"

"……?"

"어서!"

"서해에 있는 발전소 건설 현장… 저녁에 거기서 야간 공정 돌아보고 아침 조회 마친 후에 본사로 올 예정입니다만……."

"이런, 쉿!"

길모가 허공을 후려쳤다.

"진짜 안 좋은 겁니까?"

"안 좋은 정도가 아닙니다. 서둘러 병원에 가지 않으면 당신네 회장은 죽어요!"

"……?"

"이봐요!"

"일단 차에 타시죠."

책임자가 문을 열어주었다.

차가 멈춘 곳은 TPT건설 본사 빌딩이었다. 책임자는 길모를 부사장에게 데려갔다.

부사장 송욱.

그는 송 회장의 아들이었다.

"뭐라?"

송욱 역시 인상을 찡그렸다. 느닷없이 등장해 아버지의 신병을 예고하는 관상가. 더구나 아직 새파란 청년이 아닌가?

"고 팀장, 당신 정신이 있는 거야 없는 거야?"

송욱은 책임자를 질책했다.

"다들 똑같은 사람이군요. 사람 하나 살리는데 뭐 이렇게 따지는 게 많습니까?"

지켜보던 길모가 말했다.

"저 친구 끌어내!"

송욱의 지시가 떨어지자 책임자는 별수 없이 경호원을 투입했다.

"이봐요. 나를 끌어내는 건 급하지 않습니다. 급한 건 당신 아버지라고요!"

두 팔을 제압당한 길모가 소리쳤다.

"뭐 하나?"

송욱이 다시 소리를 질렀다.

"좋아. 당신 혹시 천경대 회장님 알아요? 아니면 몽몽의 최 회장님, 장덕순 사장이나 정태수 국회의원, 노봉구 씨… 누구라도 알면 전화해 보라고요. 홍 부장이 누군지. 그 인간이 본 관상이라고 하면 믿어주실 겁니다!"

"……."

"해봐. 그 전화 한 통이 당신 아버지를 살릴 수도 있어!"

길모는 간절했지만 결국 복도로 끌려나오고 말았다.

"이거 놔요. 내 발로 갈 테니까!"

길모는 경호원들을 뿌리치고 흐트러진 옷맵시를 바로 했다. 영업까지 장호에게 맡기고 달려온 길. 그러나 씨알도 먹히지 않았다.

'하는 수 없지. 천기를 받아들이는 것도 그 인간의 그릇…….'

길모는 미련을 접었다.

그렇잖아도 재벌급 인사와 연결되기를 바라던 길모. 이 또한 기회였지만 쉽지 않았다.

수십억 인구가 살고 있는 지구. 죽어가는 인간이 한둘이던가? 그러다 엘리베이터를 타려고 할 때였다. 등 뒤에서 외침 소리가 들려왔다.

"이봐요!"

송욱의 목소리였다.

"부사장님이 부르십니다."

옆에 붙어 있던 책임자가 길모에게 턱짓을 했다.

"잠깐 봅시다!"

송욱이 말했다. 길모는 다시 부사장실로 불려 들어갔다.

"천 회장님과 통화를 했어요."

송욱의 목소리는 누그러져 있었다.

"……."

"솔직히 믿기지는 않지만 천 회장님 말씀이 당신이 한 말이라면 결코 허투루 들어서는 안 된다고 하니… 말해봐요. 대체 뭐가 문제라는 건지."

"송 회장님이 가는 방향에 큰 병원이 있나요?"

길모가 묻자 송욱이 책임자를 바라보았다.

"큰 병원은 없고 중소형 병원이 하나 있습니다."

"그럼 그 회사 현장에 의료진 같은 건요?"

"의료진은 본사에만……."

길모는 시계를 보았다.

'아뿔싸!'

시간을 확인하기 무섭게 미간이 확 일그러져 버렸다. 길모가 읽은 위기의 시간이 다가오고 있었다.

"혹시 회사에 헬기 있습니까?"

"헬기?"

송욱의 눈이 휘둥그레졌다.

"있으면 당장 띄우세요. 만약 없으면 어디서 빌려서라도 띄워요!"

"······?"

"어서요, 시간이 없다고요. 골든타임을 놓칠 겁니까?"

길모가 잘라 말했다.

헬기!

그게 무슨 장난감인가?

쩍 벌어진 송욱의 입은 다물어질 줄을 몰랐다.

[형!]

카날리아로 돌아오자 장호가 수화를 그려댔다.

"얘기는 해줬는데 어떻게 될지 모르겠다."

[아주 복을 차네요.]

어떻게 되었을까? 헬기를 띄웠을까? 궁금하긴 했지만 여기는 카날리아. 길모 역시 헬기를 띄울 능력은 없으니 일에 집중하는 게 좋았다.

룸은 바쁘게 돌아갔다. 덕분에 잠시 헬기 일을 잊게 되었다.

"비자는 나왔어?"

길모가 룸에서 나오는 혜수에게 물었다. 팀이 단체로 떠나는 중국행. 홍연과 승아, 유나의 준비는 혜수가 책임지고 있었다.

"내일 나온대요."

"호텔하고 항공권은?"

"그기야 당연히 끝났죠. 바우처도 받았어요."

"가면 멤버들 잘 부탁해."

"저녁에는 우리랑 합류할 수 있는 거죠?"

"뭐, 봐서……."

[형!]

혜수와의 대화가 끝나갈 때였다. 심부름을 나갔던 장호가 뛰듯 계단을 내려왔다.

"……?"

길모는 말 대신 눈으로 물었다. 무슨 일이야 하고. 하지만 장호의 대답은 필요 없었다. 그 뒤로 선 사람들이 길모의 눈에 들어왔기 때문이었다.

'TPT건설 경호책임자?'

잔뜩 굳은 채 검은 장막처럼 버티고 선 책임자. 둥그레진 혜수의 시선이 불안스레 길모에게 건너왔다.

"어떻게 됐습니까?"

손님들 때문에 송 회장에 대해 까맣게 잊고 있던 길모. 책임자를 보니 덜컥 생각이 떠올랐다.

"잠깐 좀 보시죠."

책임자가 말했다. 길모가 고개를 끄덕이자 책임자는 계단을 밟고 나갔다. 길모도 경호원들을 따라 밖으로 나왔다.

"부사장님이십니다."

책임자가 세단을 가리켰다. 그 앞에 송욱이 서 있는 게 보였다.

"홍 부장님!"

길모를 본 송욱이 운을 떼었다.

"고맙습니다."

그러더니 바로 길모의 손을 잡는 송욱. 살짝 불안한 마음에 따라 나왔던 장호와 혜수는 그제야 안도의 숨을 내쉬었다.

"구했나요?"

길모는 송 회장의 상황부터 물었다.

"덕분에… 겨우 위기를 넘기고 나니 아버지께서 홍 부장님께 감사부터 전하고 오라고 하셔서……."

"다행이군요."

"정말 어이가 없군요. 직접 겪고도 믿어지지가 않습니다. 대학병원 심장내과 교수께서 하는 말이 10분만 늦었어도……."

송욱은 말문을 흐렸다.

길모는 말줄임표 뒤에 이어질 상황이 눈에 그려졌다. 귀에는 헬기 소리가 들리는 것 같았다.

송 회장은 서해고속도로 상에서 심정지가 일어났다. 눈 깜짝할 사이였다. 수행원들은 갓길로 차를 세웠지만 할 수 있는 게 없었다.

송욱은 헬기 안에서 비상전화를 받았다. 길모의 말대로 헬기를 타고 날아온 그. 하지만 송 회장이 어떻게 생각할지 몰라 수행원들에게 알려주지는 않은 상태였다. 그러니까 별일이 생기지 않으면 아무 일도 없는 듯 헬기를 돌릴 계획이었다.

급보를 받은 헬기는 전속력으로 고속도로를 날았다. 그리고 착륙이 가능한 지점에서 송 회장을 맞았다. 헬기 안에는 송욱이 모셔온 심장전문의가 탑승하고 있었다.

의사는 즉시 자동제세동기를 작동시켜 응급처치를 실시했다. 그런 다음에 송 회장을 헬기에 실었다. 이제부터 차가 막히는 시간대였지만 송 회장을 태운 건 헬기였다.

헬기는 송 회장의 편이었다. 대학병원에 스텝들을 준비시킨 의사는 바로 병원으로 날아갔다. 헬기가 없었다면 송 회장은 고속도로 위에서 생을 마감했을 일이었다.

"아버지도 당신을 기억하고 계시더군요."

송욱의 목소리는 차분하게 가라앉아 있었다.

"……."

"헬기를 타고 온 사연을 듣더니 웃으셨습니다. 일 좀 더 열심히 하라고 하늘이 당신을 보내준 것 같다며……."

"……."

"진짜… 고맙습니다."

송욱은 또 한 번 고개를 숙였다.

"아닙니다. 어쨌든 무사하셔서 다행이군요."

길모는 겸손하게 응대를 했다.

"이거……."

송욱의 손이 봉투를 내밀었다.

"뭐죠?"

"사례입니다. 저희가 어리석어 제때에 충언을 받아들이지 못해 고생하셨으니 일단 받아두시고… 아버지께서 안정되시면 다시 찾아뵐 겁니다."

"그 돈은 여기다 보내주시면 고맙겠습니다."

길모는 돈을 받는 대신 헤르프메의 명함을 내밀었다.

"홍 부장님⋯⋯."

"어쩌면 이것도 송 회장님의 복일 겁니다. 제가 관상으로 천운을 읽었다지만 아드님께서 받아들이지 않았다면⋯⋯."

"⋯⋯."

"그러니 그 돈은 헤르프메 재단에 보내주세요. 신의 뜻이 자비라면 더 많은 자비를 이룰 수 있는 데다 쓰는 게 옳지 않을까요?"

"홍 부장님⋯⋯."

송욱의 눈이 파르르 떨리는 게 보였다. 길모는 술집 웨이터. 텐프로라고 해봤자 굴지의 건설회사에서 볼 때는 구멍가게에 다름 아니다. 그런데 이 웨이터는 달랐다.

아버지를 살려내고도 티를 내지 않는다. 더구나 봉투 안에 든 돈에도 관심이 없었다.

"뜻은 알겠습니다. 그래도 그냥 받아주십시오. 그 재단에는 저희가 따로 기부를 하겠습니다."

"그럼 같이 해주세요."

길모 또한 물러서지 않았다. 굴지의 기업인과 인연을 맺고 싶었던 길모. 이제 그 가닥을 잡았으니 돈 몇 푼에 연연할 일이 아니었다.

"그럼 저는 이만!"

길모는 겸손하게, 그러나 단호하게 돌아섰다.

"제가 한 번 더 전달해 볼까요?"

길모가 계단을 내려가자 책임자가 송욱에게 물었다. 송욱은 고개를 저었다. 길모는 경호책임자가 넘볼 그릇이 아니었다. 적어도 송욱이 보기에는.

'하지만 아버지라면……'

송욱은 지옥에서 돌아온 아버지 송 회장을 떠올렸다. 러시아의 얼음땅부터 열사의 중동까지 닿지 않은 땅이 없는 송광용. 그러면 길모와 상대가 될 것 같았다.

"가지!"

송욱은 그 말을 끝으로 세단에 올랐다.

[형, 이것 좀 보세요!]

송욱이 돌아간 후에 복도 구석에서 검색을 하던 장호가 수화를 흔들어댔다.

"뭐 나왔냐?"

[TPT건설 송 회장님 뉴스요, 완전 기적으로 살아났대요.]

장호가 화면을 디밀었다.

TPT건설 송광용 회장, 고속도로에서 심정지 사고—불안한 예감에 아들이 타고 간 헬기 덕에 생명 건져.

타이틀이 눈에 쏙 들어왔다. 그 이상은 안 봐도 알 내용이었다.

송욱은 길모의 관상을 '불안한 예감' 이라고 둘러댄 모양이었다. 하긴 관상가의 말을 듣고 헬기를 띄웠다고 말하면 웃음만 살 일이었다. 그래도 길모는 미친 듯이 뿌듯했다.

[형, 짱!]

장호가 엄지를 세워 보였다.

사람을 살린다는 거, 그건 부패로 치부한 인간들의 금고를 여는 일보다 보람된 일이었다. 느낌부터 다르지 않은가?

[헤르프메에 전화해 볼까요? TPT건설에서 기부 들어왔냐고?]

"아주 번갯불에 콩을 볶지 그러냐?"

[에이, 좋아서 그러죠.]

"입 그만 벌리고 나가봐라. 2번 룸 예약 손님 오실 시간이다."

길모는 장호의 등을 밀었다.

2번 룸 예약 손님들은 좋은 일로 온 사람들이었다. 해외 일감 수주에 성공한 기념 파티. 길모는 홍연과 유나에 묶어 활발한 아가씨 둘을 끼워 넣었다.

뇌살 댄스!

홍연의 웨이브는 분위기를 제대로 살렸다. 아무 생각 없이 홍을 누리려 온 사람들에게 관상 따위는 필요 없었다. 2번 룸은 웃음으로 뒤덮였다.

홍연의 실력이 제대로 발휘된 자리. 그 덕분인지 홍연에게 쏟아진 팁만 300만 원에 가까웠다.

"우와, 중국 관광비는 될 거 같아요."

손님들이 돌아가자 홍연과 유나가 환호를 질렀다.

중국!

그 출장 관상이 코앞으로 닥쳐 왔다.

니 하오 중궈?

*   *   *

중국!

하남성!

달마대사!

마침내 다가온 그날, 길모는 한잠을 자고 일어나 모상길에게 전화를 걸었다. 처음에는 받지 않았다. 길모는 달마상법을 빼들었다. 몇 장을 넘길 때 모상길에게 전화가 들어왔다.

"모 대인님."

길모는 간단히 안부를 전하고 달마상법에 대해 물었다.

―하늘을 나는 솔개가 날개 접은 퇴물에게 나는 법을 묻는 것과 같으니.

모상길 역시 간단하게 대답했다.

"대인님께서는 저를 너무 과대평가하시는 듯합니다."

―하늘이 보면 땅의 코끼리 역시 한줌 티끌이나 개미가 보면 코끼리 역시 하늘인 것. 아는 것이라고는 달마 대사의 사주 하나밖에 없으니 그거라도 들려주시랴?

사주?

"그래 주시겠습니까?"

―편인(偏印)을 아시나?

"처음 듣는 말입니다."

―하긴 홍 부장은 관상대가지 사주대가는 아니니까.

"대가는 좀……."

―각설하고 달마 대사의 사주에 편인이 있다 이걸세. 편인이란 한 가지 일에 몰두하면 끝장을 보는 사주이니 그의 면벽구년을 보면 알 수 있을 일.

'면벽구년?

―그렇게 도를 완성한 후에 그가 남긴 말이 있지. 혹 아시더라도 그냥 한 번 들어보시게나. 구년면벽(九年面壁)에 혼혼형해(混混形骸)라 일속회광(一粟回光)하여 강비세계(糠秕世界)하니 염피차삼천대천(念彼此三千大千)하여 입아공상색상(入我空相色相)이더라.

"……?

―풀어내자면 9년 면벽 수행하니 뼈에 남은 건 혼란과 혼돈이라. 좁쌀만 한 빛이 한 줄기 들어와 내다보니 세상은 쭉정이뿐 만물은 텅 빈 세상이더라는 뜻일세.

구년면벽.

혼혼형해.

일속회광.

강비세계.

염피차삼천대천.

입아공상색상.

9년 면벽이라는 말과 함께 세상은 쭉정이뿐, 만물은 텅 빈 세상이라는 말이 귀를 차고 들어왔다.

'편인······.'

길모는 사주 하나를 기억하며 통화를 맺었다.

비행기 시간이 가까워지자 최 회장이 세단을 보내왔다. 아가씨들 인솔은 혜수가 할 일, 길모는 장호와 함께 차에 올랐다.

"미안하지만 잠깐 들릴 곳이 있습니다."

길모는 기사의 양해를 구하고 카날리아 앞의 도로에서 내렸다. 뒤따라 내린 장호가 상가를 향해 뛰었다. 미리 주문한 옷을 찾으러 가는 것이다.

그사이에 길모는 만복약국에 들렀다. 류 약사에게 인사도 하고 운전기사의 음료수를 챙겨줄 생각이었다.

"홍 부장님!"

한낮에는 처음 들리는 길모. 한가하게 차를 마시던 류 약사는 길모는 반겼다.

"이 시간에는 손님이 별로 없네요?"

"네. 병원들 점심시간이잖아요."

"아, 네······."

"그런데 이 시간에 웬일이세요?"

"아, 그게······."

"흐음··· 무슨 좋은 일이라도 생기신 거 같은데?"

"그게 아니고 실은 며칠 중국에 가게 되었어요."

"어머, 카날리아 그만두시는 건가요?"

"아뇨. 주제넘게 출장 관상을……."

"출장 관상요? 중국까지요?"

"예… 단골손님이 꼭 좀 도와달라고 부탁을……."

"어머, 대체 얼마나 중요한 일이길래 홍 부장님을 중국까지 모셔가는 거죠?"

"몽몽 코스모틱 최 회장님이라고… 이번에 회사가 중국에 진출하게 되어서……."

"그 명품 화장품 몽몽요?"

"예……."

"어쩜, 홍 부장님 다시 봐야겠네요. 이젠 완전 국제 관상가시잖아요?"

류 약사도 놀라운 모양이다. 길모에게는 나쁘지 않았다. 여자에게는 가끔씩 수컷의 위상을 확인시켜 줄 필요가 있었다. 더구나 이건 구라나 뻥도 아니지 않은가?

"그래서 인사도 드릴 겸……."

"그러셨군요. 잘된 일이네요."

"음료수… 좋은 걸로 몇 병 주세요. 회장님이 기사를 보내주셨는데 좋은 차 얻어 타고 가려니 미안해서……."

"그럼 이걸로 가져가세요."

류 약사가 산삼배양근 음료수를 한 박스 내밀었다.

"얼마죠?"

"미앤페이!"

"네?"

"공짜라고요. 아는 중국 말 단어 하나 써봤어요."

"아, 예……."

"몇 박 며칠이세요?"

"사나흘 정도……."

"잘 다녀오세요. 저도 사실 외국 가게 될지 모르는데……."

"어디요?"

"어머, 장호 씨 왔어요."

길모가 물었지만 류 약사의 시선은 창밖으로 향했다. 주문한 걸 찾아온 장호가 약국 앞으로 온 것이다.

"그럼 며칠 후에 뵙겠습니다."

"네. 파이팅하세요!"

류 약사가 고운 손을 꼭 쥐어보였다. 길모는 얼떨결에 따라하고는 약국을 나왔다.

"야, 너는 하필이면 그 타이밍에 오냐?"

[왜요? 뭐가 잘못되었어요?]

"아니, 뭐 그런 건 아니지만……."

[흐음, 내가 작업에 방해가 되었다 이거로군요?]

"됐다. 그만 가자."

장호의 등을 밀며 길모는 슬쩍 약국을 바라보았다. 유리창 너머에서 류 약사가 손을 들어 보였다. 길모도 손을 들어 화답하고는 차에 올랐다.

인천국제공항을 향해!

제8장

한국 관상왕 vs 중국 관상군자

비즈니스석!

길모와 장호의 좌석은 무려 비즈니스석이었다.

[으악, 부럽다.]

출국심사를 마치고 면세점 앞에 서자 승아가 현란한 수화를 그렸다. 이건 길모도 모르는 사항이었다. 팀과 같이 가는 여정이기에 당연히 혜수네와 같은 일반석으로 알았던 길모. 그런데 최 회장은 비즈니스 석 좌석표를 내밀었다. 최 회장과 똑같은 등급의 좌석. 길모는 물론 조수격으로 데려가는 장호까지 대우해 준 것이다.

"어디 봐요. 비즈니스석 좌석표는 어떻게 다른가?"

유나는 길모의 에어티켓을 채갔다. 하지만 아무리 뜯어봐도 별다른 건 없었다.

"오빠, 거기서 땅콩 달라고 하지 말아요. 그럼 우리 비행기 못 뜰 수도 있으니까."

땅콩 회항!

유나의 말에 길모 사단은 바로 뒤집어졌다.

"최 회장님 기다리세요."

혜수가 저만치 앞에서 기다리는 최 회장과 수행원들을 보며 말했다.

"오케이!"

길모가 웃었다.

모처럼 팀이 함께 움직이는 해외행. 섭섭하지만 어쩔 수 없는 일이었다. 길모는 지금 공무수행(?) 중이니까.

"이거⋯⋯."

그때 혜수가 가방에서 뭔가를 꺼내 내밀었다.

"뭔데?"

"혹시 도움이 될까 해서 요긴한 걸로 몇 개 추려보았어요. 그냥 심심할 때 보세요. 뭐, 중국이야 타면 바로 내려야 하는 곳이긴 하지만."

길모는 혜수가 내미는 자료를 받아들었다.

"언니, 다 됐으면 빨리 가자. 난 면세점 보고 싶어 죽겠어. 지름신이 내려왔다고."

"나도요!"

홍연에 이어 유나까지 몸살을 앓았다. 가만 보니 승아도 조바심이 가득하다. 여자들이다. 여자는 쇼핑의 동물이니까.

"자자, 가서들 질러라. 대신 너무 지르다가 비행기 놓치지는 말고."

길모는 홍연의 등을 밀었다. 아가씨들은 깔깔거리며 앞서거니 뒤서거니 면세점을 휘젓기 시작했다.

"너도 필요한 거 있으면 같이 다니면서 사지그래? 애들도 보호해 주고."

[쳇, 내가 보호해야 하는 사람은 형이잖아요.]

"나? 야, 나 이래 봬도 해외여행 경험 있는 사람이야."

[흥, 태국 여행 팁 챙겨준 게 누군데요?]

"솔직히 말해서 그거 하나도 소용없었다."

[예? 진짜요?]

"농담, 회장님 기다리신다. 가자."

길모는 장호에 앞서 발길을 옮겼다.

"홍 부장!"

비즈니스 라운지에서 최 회장이 입을 열었다. 길모는 최 회장 옆에 앉았다. 그 앞에는 장호와 중역들이 앉아 있다.

"예, 회장님."

"노숙자를 한 사람 보냈더군."

"예?"

길모가 고개를 들었다. 송 회장 일로 정신줄이 나가면서 까맣게 잊고 있던 길모. 최 회장의 말에 덩치 푸짐한 노숙자가 머리를 흔들며 떠올랐다.

"나를 찾아가서 죽기 살기로 매달려 보라고 했다고?"

"죄송합니다. 회장님이라면 그 사람에게 서로 도움이 될 것 같아서……."

"관상학적으로 말인가?"

최 회장이 빙그레 웃었다. 보아 하니 불쾌한 기분은 아닌 것 같았다.

"그 사람은 역마궁이 강합니다. 재주는 잘 모르겠지만 이리 저리 잘 부리시면 웬만한 사람보다 나을 것 같아서요."

"그래서 내가 물었네. 당신을 채용하면 날 위해 뭘 할 수 있냐고?"

"……?"

"그랬더니 이 친구… 아주 괴물이더군. 어떻게 했는지 아시 겠나?"

"죄송하지만 모르겠습니다."

"현관 엘리베이터에서 나오다 만났는데 말이야 나를 넙죽 등에 업고는 차까지 뛰었다는 거 아닌가? 뭐라더라? 머리가 안 되면 몸으로 뛰겠다나?"

"……."

"사람 붙임성도 좋고 의욕도 있는 거 같아 자리 하나 마련하라고 시켰네. 그런데 그 친구 넉살이 또 가관이었네."

"넉살이라면?"

"기왕 살려줬으니 몇 달 치 월급을 가불로 달라지 뭔가? 헤어

져 있는 애들을 거둬야 한다나?'

'가불······.'

거기서는 할 말이 없었다. 거두는 것만 해도 황공한데 가불이
라니······.

"해주었네!"

"네?"

"홍 부장이 보냈으니 홍 부장 보증 아닌가? 넉살 보니 사막에
갖다 두어도 제 몫은 해낼 거 같아서 일 년 치를 땡겨주라고 지
시했네."

"아!"

대물이다.

길모는 그 말을 소리 없이 넘겼다. 대기업의 회장. 그런 사람
이 노숙자 따위에게 신경 쓸 리 없다. 길모가 소개를 했다고 해
도 마찬가지다. 대다수 회장들은 오히려 역정을 냈을 일이었다.

'사람을 뭘로 보고!'

하지만 최 회장은 달랐다.

어젯밤 장호가 문자로 보여주던 중국 명언 하나가 스쳐 갔다.

대국 다스리기를 작은 생선 요리하듯 하라!

인재라면, 그의 차림이나 신분에 상관없이 살펴보고 챙기는
최 회장. 그렇기에 변방에 불과한 화장품을 세계적인 명품 반열
에 올려놓을 수 있었던 것이다.

"그런데······."

길모가 최 회장을 바라보았다.

"말씀하시게."

"혹시 그 당 서기라는 분을 본 적이 있습니까?"

"미안하지만 아직 보지 못했네."

"그러시군요."

"사진이 필요한 게로군?"

"예······."

"박 전무!"

최 회장인 뒷좌석의 수행원을 돌아보았다.

"예, 회장님!"

"그 자료, 홍 부장에게 건네주시게."

회장의 명을 받은 전무가 서류봉투를 내밀었다. 봉투 안에는
몇 장의 사진이 있었다. 하지만 쓸모가 없었다. 대개는 단체사
진이라 상을 볼 수 없었고 어쩌다 얼굴이 제대로 나온 건 모자
에 선글라스를 쓰고 있었다.

'아쉽군.'

길모는 쓴 입맛을 다셨다.

"쓸 만한 게 없지?"

최 회장이 물었다.

"예······."

"듣자니 그 양반이 꼭 필요한 사람 외에는 만나지도 않고 홍
보 사진도 내지 않는다는군. 이번에 약속 잡는 것도 청와대의
측면 지원으로 가능했다네."

'청와대 지원?'

"상무위원에 뜻을 두고 있으니 자중하는 거겠지. 지금 중국에 변화와 개혁의 강도가 심해지면서 소리 없는 숙청의 바람이 불고 있거든. 우리 정보에 의하면 상무위원들의 암투가 보통이 아닌 모양이야."

"네……."

"아무튼 우리 회사의 명운은 홍 부장 어깨에 달려 있네. 아니, 관상을 보는 것이니 두 눈에 달려 있다고 해야 하나?"

"최선을 다하겠습니다."

"필요한 게 있으면 뭐든 말씀하시게나. 전사적으로 지원할 테니까."

필요한 것!

물론 리훙룽의 사진이었다. 하지만 나름 베일에 싸인 인물.

'어차피 직접 보면 알 일…….'

길모는 조바심 내지 않았다.

―승객 여러분 저희 비행기는 이제…….

안내방송과 함께 비행기의 엔진이 천둥을 울리기 시작했다.

[형, 떠요!]

건너편 좌석의 장호가 수화를 흔들었다. 길모는 엄지를 세워 답했다.

콰아아아!

마침내, 중국행 비행기가 사뿐 떠올랐다.

비즈니스석은 달랐다. 좌석부터 빵빵하지 않은가? 하지만 그것뿐이었다. 단란주점과 텐프로의 차이 정도는 아니었다. 의자가 좋고 음료나 서비스가 좋기는 했지만 가격 대비 만족도는 물음표가 달렸다.

최 회장이 노트북으로 업무를 보는 동안 길모는 혜수가 준 자료를 열어보았다.

첫 번째로 중국 명언들이 눈에 띄었다.

사람은 누구나 한 번 죽지만, 어떤 죽음은 태산보다 무겁고 어떤 죽음은 깃털보다 가볍다

결점이 아예 없는 사람은 더 이상의 기쁨도 없다.

매년마다 꽃은 비슷하나 매년마다 사람들은 다르다.

쭉 글자를 짚어가던 길모의 눈이 한문 문장들에서 멈췄다.

부관흑묘백묘(不管黑猫白猫), 착도로서(捉到老鼠) 취시호묘(就是好猫). 까만 고양이든 하얀 고양이든 쥐를 잘 잡는 고양이가 좋은 고양이다.

삼사일언(三思一言). 세 번 생각하고 한 번 말하라.

유지자사경성(有志者事竟成). 뜻이 있는 곳에 길이 있다.

이 아래로 중국 정치계보가 간략하게 그려졌다. 중국은 중앙 정치국 상무위원 중심. 여기 포진한 25인의 지도자가 중국을 이끈다. 그 아래로 중앙정치국 위원들… 상하이방과 태자당, 공청

단까지.

여기서 길모는 성 당 서기의 위상을 알게 되었다. 당 서기가 뭐가 그렇게 대단하냐? 그건 바로 성장(省長)이 당 부서기이기 때문이었다. 말하자면 당 서기가 성장보다 한 단계 위.

나아가 불멸의 8인방에 대한 정리도 깔끔하게 머리에 들어왔다. 그들은 중국 1세대 혁명 원로 가운데 마지막까지 살아남은 8인방. 판타지식 표현을 빌리자면 천하무적 에이션트급 드래곤들이다. 그러므로 그들의 후계자인 태자당은 해츨링들…….

'에이션트급 드래곤과 해츨링…….'

이보다 더 명쾌한 정리가 어디 있을까? 길모는 저절로 고개를 끄덕거렸다.

다음으로 눈에 들어온 건 중국 최고위층들의 행태였다.

중국 고위층들은 나이를 중시한다.

출사유명(出師有名). 즉 명분이 있어야 나선다.

실리에 밝다. 그러므로 도움을 주어야 한다. 여기서 도움이란 술, 밥, 선물 등이 아니다.

중국의 최고위층 리더들은 술을 잘 마시지 않는다. 그들은 소위 술상무를 대동하고 다닌다.

마지막에 써진 말은 난득호도(難得糊塗)였다.

난득호도!

남을 호도하는 게 쉽지 않다는 말이다. 친절하게도 그 아래에 자세한 설명이 이어졌다.

중국 지도자들은 마음을 모호하고 명쾌하지 않게 표현하는 화법을 지도자의 덕목으로 알고 있다. 즉 하나 더하기 하나가 둘이라고 답하는 사람은 평범한 사람이다. 이처럼 명쾌하게 대답한다면 그는 고위층이 아니라 실무자에 불과하다.

초고위층들은 한참을 같이 얘기해도 무슨 뜻인지 알 수 없게 말한다. 빙빙 돌아가며 닿을 듯 닿지 않는 것, 그게 중국의 지도 층이라는 것.

'혜수… 대체 이런 걸 어떻게?'

감탄이 절로 나왔다. 장호가 뽑아준 자료와는 차원이 달랐다. 길모의 중국행에 꼭 걸맞은 내용이었다. 길모는 난득호도를 곱씹었다. 애매모호함. 관상책을 읽으면서 깨우친 관상법 중의 하나였다.

추측!

그 또한 관상 요령의 하나였다. 그러니 추측은 애매모호, 즉 난득호도와 통하고 있었다.

'엮이고 엮이는 게 인생사라……'

그 말은 틀림이 없다. 이런저런 상상을 하는 사이에 비행기는 정주 공항에 닿고 있었다.

"조심하고 일 생기면 연락해라."

공항 앞에서 길모가 말했다. 가깝긴 하지만 서로 묵는 호텔이 다른 까닭이었다. 길모와 장호는 최고급 호텔, 혜수네는 한 블록 뒤에 자리한 별 네 개의 호텔이었다.

"팡진 빠!"

혜수는 윙크로 화답했다.

"팡진 빠?"

"염려 말라고요."

혜수는 홍연 등의 팀원들을 모아놓고 중국 사람들 보란 듯이 중국어로 파이팅을 외쳤다.

"찌야요!"

혜수야말로 중국의 사막에 떨궈 놓아도 살아날 여자였다.

호텔은 최 회장 옆 객실이었다. 방도 좋았다.

[으아, 날마다 이런 데서 잤으면…….]

장호는 아예 붕 날아올랐다가 침대에 떨어졌다.

"그렇게 좋냐?"

[형도 한 번 누워 봐요. 여자 위에 떨어지는 거보다 더 좋다니 까요.]

"그래?"

길모는 작심하고 도약했다. 순간, 딩동, 벨소리가 들렸다. 덕분에 길모는 폼 안 나게 떨어지고 말았다.

"야, 중국 말로 물어야 하는 거냐?"

길모, 문 앞에서 장호를 돌아보며 물었다.

[누구세요, 누구세요…….]

장호는 재빨리 수첩을 꺼내 들었다.

[니 씨 쑤이, 니 씨 쑤이…….]

"뭐라고?"

길모가 되물을 때 한국말이 문을 넘어왔다.

"홍 부장님, 저 최 회장님이 보낸 통역이에요."

반가워라. 한국말!

길모는 얼른 문을 열어주었다. 그리고… 더 반가운 일이 벌어졌다. 통역은 홍연과 혜수에 버금가는 에이스급이었다.

"닌 하오, 이수경이라고 해요."

통역이 공손히 인사를 해왔다. 늘씬한 키에 하얀 얼굴, 볼륨감 빵빵한 몸매가 길모의 눈에 쪽 빨려 들어왔다.

이수경, 그녀는 관상책을 들고 있었다. 중국어로 된 거지만 틀림없었다. 이어 전화기가 울렸다.

전화를 받으려다 또 흠칫하는 길모. 여기는 중국이 아닌가? 주저하는 사이에 수화기에서 최 회장의 목소리가 흘러나왔다.

─홍 부장!

"회장님!"

한국어는 반갑다. 특히 외국에서는. 특히 영어 못 하는 사람에게는.

─통역 직원을 보냈는데?

"아, 네… 방금 만났습니다."

─한족이지만 어머니가 중국 동포라서 한국말도 능통하다네. 게다가 관상에도 관심이 있다기에 주저 없이 뽑았네. 중요한 일이니까 서로 맞춰볼 게 있으면 맞춰보시고.

"예."

─다만… 아직 그 여직원은 홍 부장이 누구 관상을 볼지 잘 몰라요. 나름 대외비라서 통보하지 않았으니 그것만 조심해 주

세요.

"그러죠."

대외비!

이해가 갔다.

마지막 남은 황금 부지에다 다른 글로벌 기업들까지 눈독을 들이고 있는 상황. 한국 기업이 관상가까지 동원했다는 소문이 돌면 피차 좋을 게 없으니까.

―저녁은 어떻게 할까? 나는 스케줄이 있으니 홍 부장, 특별한 약속이 있으면 볼일 보시고 아니면 그 여직원에게 가이드를 받으세요. 비용은 전부 회사에서 처리할 테니까.

"알겠습니다."

최 회장은 바로 전화를 끊었다.

"이쪽으로!"

길모는 아직까지도 서 있는 수경에게 소파를 권했다. 수수한 미모가 마음을 끄는 여자였다.

"영광이에요. 한국 최고의 관상대가시라고⋯⋯."

그녀가 웃으며 말했다.

"최고는 아니고 그냥 좀 보는 편입니다. 한국말 잘하시네요?"

"어머니 덕분에 한국어도 중국어만큼 자연스럽다는 말 자주 들어요. 그래서 몽몽에도 취업할 수 있었고요."

이수경은 그러니까 몽몽의 정식사원이었다.

"우리 부서장님 말씀이 제 통역이 무척 중요하다고 하던데 자세한 설명을 부탁드립니다. 제가 아직 어려서 혹 실수할 수 있으니까요."

"그보다 그 책……"

길모의 눈이 관상책으로 향했다. 책의 제목은 '達磨祖師相訣秘傳'이었다.

"아, 이거 달마조사상결비전이에요. 달마대사라고… 여기 하남성에서 유명하신 분이거든요."

"그럼 저게 혹시 달마상법?"

길모가 장호를 돌아보았다.

[그런가 봐요.]

벽에 기대서 있던 장호가 수화를 보내왔다.

"내 동생인데 목에 장애가 있어서 수화를 해요."

"아, 네!"

수경은 장호를 향해 꾸벅 묵례를 올렸다.

"책 좀 볼 수 있을까요?"

"이 책요? 그러세요."

책을 받아든 길모가 천천히 종이를 넘겼다. 예상대로 달마상법이 맞았다. 한자가 달라 다 읽을 수는 없지만 차례로 보아 분명했다. 달마상법이라면 수십 번을 펼쳐본 길모였다.

"달마조사상결비전… 이게 한국에서는 달마상법이에요."

"어머, 그럼 홍 부장님도 이 책을 아시는군요?"

"그럼요. 공부 좀 했죠."

사실은 윤호영이. 길모는 소리 없이 그 말을 붙였다.

"그건 그렇고 수경 씨도 관상을 공부하는 건가요? 이 책… 한

두 번 본 게 아닌 거 같은데요?"

"웬걸요. 어머니가 수상(手相)을 좀 하셔서 취미 삼아 보던 거예요. 그런데 그게 계기가 되어 홍 부장님 같은 분을 만나게 될 줄은 몰랐어요."

"그럼 관상 용어는 대충 아시겠네요?"

"조금요……."

"뭐, 그 정도면 됐어요. 혹시 관상에 대해 전혀 모르는 분이면 통역할 때 혼선이 올까 봐 그랬습니다."

"혹시 어떤 자리인지도 알 수 있을까요? 제가 듣기로는 아주 높은 분을 만난다고만 들었는데……."

"그건 나도 모릅니다. 우린 그냥 관상만 보면 되고, 수경 씨는 내가 본 관상을 통역만 하면 됩니다."

"그렇군요."

"통역할 때 주의점은 하나예요. 혹시라도 내가 한 말 중에서 못 알아듣겠는 게 있으면 꼭 확인한 후에 통역해야 합니다."

"명심할게요."

"회장님 말씀을 들으니 우리 가이드까지 맡았다던데?"

"네. 홍 부장님이 귀국하실 때까지입니다."

"그럼 신세 좀 지겠습니다. 내가 워낙 중국어에 잼병이라서……."

"일단 식사를 하셔야죠?"

[우와, 듣던 중 반가운 소리네요.]

조용히 듣고 있던 장호가 바삐 수화를 그려댔다.

호텔 식당에 들어섰다.

사람들이 많았다.

"여러 가지가 있어요. 식성대로 드시면 됩니다."

이수경이 넓은 식당을 가리켰다. 파타야의 호텔보다는 사뭇 좋았다. 그래도 파타야에서의 경험이 있는지라 길모는 마음에 드는 걸 골라 테이블에 앉았다.

하지만!

"……!"

첫 번째 음식의 맛이 혀에 걸렸다. 그건 장호도 마찬가지였다.

[형…….]

"너도냐?"

[뭐죠? 이 느끼찝찔한 맛…….]

"샹차이예요."

수경이 웃으며 말했다.

"중국인들이 좋아하는 거지만 한국 사람들은 몸서리를 치는 분들이 많답니다. 먹기 힘드신가요?"

[네!]

장호는 바로 수화를 그렸다.

"그럼 제가 주방에 말해서 샹차이를 뺀 걸로 부탁드릴게요."

"아니, 그냥 두세요."

"네? 입맛에 안 맞으시는 거 같은데…….

"중국에 왔으니 중국 맛을 봐야죠."

길모는 수경을 주저앉혔다.

[형… 난 못 먹겠어요. 토할 거 같다고요.]

"먹어라!"

길모는 애써 참으며 장호를 말렸다.

[왜요? 수경 씨가 바꿀 수 있다잖아요?]

"그럼 너는 혜수한테 합류하든가?"

[네?]

"나도 입맛에 안 맞는다. 그런데 만약에 말이다 내일 관상 보는 자리에서 중국 음식이 나오면 어쩔 테냐? 거기서도 이 샹차이인가 상채기인가를 빼달라고 할 테냐?"

[그, 그건…….]

"정성껏 차린 음식에 까탈을 털면 그 비즈니스가 잘될 리 없지."

[형…….]

길모는 그 말을 남기고 음식을 먹기 시작했다. 장호도 별수 없었다. 길모는 놀러온 게 아니었다. 그러니 길모의 말은 백번 지당하고도 남았다.

그래도 샹차이의 맛은 참 희안찬란했다. 어떻게 이런 맛이 나는 걸까? 목을 넘어갈 때마다 위가 뒤틀렸다. 길모는 참았다. 짧은 시간 동안 머물게 될 중국. 중국 사람을 이해하려면 음식보다 더 좋은 게 어디 있을까?

호텔 안에는 사람들이 많았다. 그런데 다들 투숙객인 건 아닌 모양이었다.

"맞아요. 외부 손님들도 많으세요."

수경이 설명을 이어갔다.

"중국에서는 이렇게 가족, 친지, 친구끼리 모여 식사를 하는 분들이 많아요."

그리고 보니 둥근 테이블에 가득 앉은 사람들도 많았다. 유심히 보니 테이블마다 술이 보였다. 한국처럼 수십 병씩 쌓아놓고 먹는 건 아니지만 나름 술을 즐기는 거 같았다. 다만, 좀 시끄러웠다. 태국하고도 달랐다. 중국인들이 쓰는 높은 성조 때문이었다. 그러니 자칫 오해하면 싸우는 것으로 보이기도 했다.

중국 술도 한 잔 맛보았다.

마오타이 주!

술은 물론 공짜다. 최 회장이 부담하기 때문이었다. 그러나 마음 놓고 먹을 때는 아니었다.

'일을 끝내고 홀가분하게 마시자.'

길모는 맛을 보는 정도로 끝냈다.

성도의 밤은 찬란했다. 중국 말만 들리지 않으면 서울에 있다고 해도 믿어질 것 같았다. 중국은 차가 유명하다기에 길모는 찻집을 보길 원했다.

수경은 아기자기한 찻집으로 들어가 고급 차를 골랐다. 그러자 여자가 들어와 차를 만들기 시작했다. 신기했다. 특히 팔을 번쩍 들어 폭포처럼 따르는 기술이 신기했다.

차 맛도 좋았다. 퍼포먼스 때문인지도 몰랐다. 장호는 거푸 네 잔을 마셨다. 샹차이 냄새를 씻어낸다? 그러고 보니 아직도 샹차이 냄새가 나는 것 같았다. 이빨 사이에 밴 느낌이었다.

[우엑!]

호텔로 돌아오자 장호는 기어이 헛구역질을 했다. 그 냄새… 양치를 해도 가시지 않았다. 그러고 보니 침대나 물에서도 비슷한 냄새가 나는 것 같았다. 심지어는 과일도 그랬다. 껍질을 까고 나니 손에서 그 냄새가 났다.

칭따오 한 캔을 마셨다. 그랬더니 좀 나아졌다.

[이제 알겠어요. 중국 가는 사람들이 왜 고추장하고 컵라면을 가져가는지…….]

"너도 먹고 싶냐?"

[당연하죠.]

"참아라. 돈 벌기가 그렇게 쉽냐?"

[어유, 빨리 내일이 오면 좋겠어요. 형이 관상 보는 것만 끝나면 한국 음식 파는 데로 가자고요.]

"그러지 뭐."

[어우, 쩝쩝!]

장호는 담요에 얼굴을 묻어버렸다.

오래지 않아 장호의 코 고는 소리가 들려왔다. 테이블에 앉아 창밖을 바라보던 길모가 가만히 돌아보았다. 장호는 곤하게 자고 있었다.

긴장감!

괜한 느낌이 찾아왔다. 한국이 아니기 때문이었다.

'그냥 제주도쯤 왔다고 생각하지 뭐.'

마음을 편하게 먹기로 했다.

*   *   *

끼익!

마침내 최 회장의 세단이 커다란 대문 앞에 멈췄다. 차 안에
는 최 회장과 중국 개척 본부장, 그리고 길모가 타고 있었다. 뒤
를 이어 또 한 대의 세단이 멈췄다. 장호와 이수경, 중국인 총경
리가 탄 차였다.

"칭 진!"

집사일까? 나이를 지긋이 먹은 중국인이 나와 길모네를 맞이
했다.

"홍 부장!"

깔끔하게 단장된 정원을 걸으며 최 회장이 물었다.

"예, 회장님!"

"옷이 잘 어울리는군."

"고맙습니다. 아무래도 분위기도 있어야 할 것 같아서요."

길모가 대답했다. 길모가 입고 있는 옷은 달마대사 복장과 비
슷해 보이는 승복이었다. 겉모습이 중요한 건 아니지만 관상대
가로 보이기엔 젊은 길모. 그렇기에 승복을 입는 게 여러 모로
좋을 것 같아 준비한 옷이었다.

"기분 어떠신가?"

"담담합니다."

"꿈은? 좋은 꿈 꾸었겠지?"

"예."

짧게 대답했다. 사실 길모는 꿈꾸지 않았다. 밤낮이 바뀐 잠자리라 처음에는 좀 뒤척였는데 눈을 떠보니 아침이 왔던 것이다.

"부탁하네!"

정원이 끝나는 곳에서 최 회장이 길모의 손을 잡았다. 그 말을 어깨에 걸고 길모는 안으로 들어섰다.

"뚜이 부치……."

응접실에서 안내인이 중국 말을 전해왔다. 통역은 이수경이 바로 해주었다.

"죄송하지만 최 회장님과 관상가, 그리고 통역자만 들어오고 나머지는 여기서 기다려야 한답니다."

"쯔따오러!"

대답은 최 회장이 했다. 중국 시장을 개척하려는 수장답게 간단한 중국 말은 할 수 있는 모양이었다.

내실 통로는 제법 길었다. 그리고 그 통로가 끝나는 곳에 당 서기가 보였다. 그는 고전적인 창으로 들어오는 맑은 햇살을 받고 있었다.

"환인 꽝린!"

당 서기 리홍룽이 환한 표정으로 길모네를 맞았다.

"이쪽이 몽몽 코스모틱의 최 회장님이시고 옆의 분이 한국을 대표하는 관상가이십니다."

통역자 수경이 바빠지기 시작했다.

"칭 주오!"

리훙룽이 의자를 가리켰다. 최 회장이 앉고 이어 길모가 앉았다. 수경과 리훙룽의 통역자는 선 채로 대기했다.

"원행길에 고생이 많으셨습니다."

리훙룽은 의례적인 인사로 말문을 텄다.

"아닙니다. 중국의 발전이 눈부셔 늘 설렘 속에서 중국 땅을 밟는다죠."

최 회장도 비슷한 말로 응대를 했다.

"발전이야 한국이 무섭지요. 세계에서 유례가 없는 발전을 이룩한 나라가 아닙니까?"

"별말씀을… 작은 나라에 비해 큰 나라가 발전하기 어려운 법인데 대하처럼 한 몸이 되어 세계 경제를 아우르고 있으니 이 또한 중국의 저력이지요."

"케지우시……."

"그런데……."

리훙룽이 길모를 바라보자 수경의 통역이 뒤따랐다.

"이분이 한국을 대표하는 관상가 맞습니까?"

"스, 메이쿠오!"

틀림없습니다. 수경이 길모를 대신해 대답했다.

"거 참… 뜻밖이군요. 한국에 인재가 많다지만 관상대가가 이토록 젊으시다니…….”

리훙룽은 고개를 갸웃거렸다.

“물론 한국에 나이 먹은 관상가들도 많습니다. 하지만 중국이 오랜 역사를 가졌음에도 최근에는 젊은 청춘처럼 세계 경제의 힘찬 동맥이 되고 있지 않습니까? 해서 실력도 그렇지만 원대한 웅비를 펼쳐 가는 하남성의 발전상과도 잘 부합하는 거 같아서 말입니다.”

리훙룽의 말에 최 회장이 설명을 달았다.

“하긴 최 회장님 말이 근래 한국 관상학상 최고의 재주를 가진 사람이라고 했었지요? 세계적 명품을 만드는 기업의 수장께서 허튼 말씀하실 리 없고… 그래서 한 번 뵙기로 한 것이니 기대해 보겠습니다.”

“당 서기님 주변에 중국의 내로라하는 관상대가들이 많다는 말은 들었습니다. 그들에게 결코 뒤지지 않을 것이니 한국 관상대가의 진가를 느껴보시기 바랍니다.”

“좋아요, 젊은 양반. 그대 이름은?”

“이름을 물으십니다.”

수경의 통역이 뒤를 이었다.

“워 찌아오 홍길모!”

길모는 중국어로 대답했다. 그래도 예의상 몇 마디는 외워두었던 것이다.

“홍 따렌, 그럼 내 관상을 좀 봐주시겠소?”

리훙룽이 길모를 향해 고개를 들었다.

리훙룽은 웃고 있다. 최 회장과 수경의 시선이 길모에게 쏠려왔다. 긴장된 순간, 길모는 소리가 날 정도로 테이블을 내려쳤다.

"……!"

실내는 바로 소리 없는 아수라장이 되었다. 몽몽 코스모틱의 미래가 걸린 자리가 아닌가? 최 회장이 어쩔 줄을 모르는 사이, 길모는 자리까지 박차고 일어섰다. 그리고 입구를 향해 저벅저벅 걸어 나갔다.

"홍, 홍 부장!"

놀란 최 회장이 소리쳤지만 길모는 돌아보지 않았다.

처척!

어디서 나타났을까? 소리 없이 등장한 경호원 둘이 길모를 막아섰다. 길모는 왼쪽 벽을 차고 솟아 경호원들을 넘었다. 왕의 길을 막지마라. 그의 눈은 그렇게 말하고 있었다.

"샤오웨이!"

그때, 리훙룽이 소리쳤다.

"잠깐만 기다리시래요."

이어지는 이수경의 통역. 이미 문손잡이까지 잡은 길모였지만 가만히 고개를 돌렸다.

"이 무슨 무례인가?"

리훙룽이 길모를 쏘아보았다. 그사이에도 최 회장의 안절부절은 강도를 더해가고 있었다.

"무례는 당신들이 먼저 저질렀습니다."

한 치의 주저도 없이 응수하는 길모.

"내가 먼저?"

"그렇습니다."

"어째서? 무엇을?"

리홍룽의 시선이 매섭게 변했다.

"이수경 씨!"

길모는 수경을 바라보았다.

"중국어로 짝퉁을 뭐라고 하나요?"

"그건 샨자이……."

"그럼 통역해 줘요. 저 사람은 샨자이라고!"

'가짜?'

그 한마디에 최 회장의 눈은 뒤집히기 직전까지 치달았다.

"가짜… 라고요?"

놀란 수경이 다시 물었다.

"그래요. 가짜! 저 사람은 리홍룽이 아닙니다. 그러니 가짜를 놓고 진짜의 관상을 볼 수는 없는 일 아닙니까?"

"와하하핫!"

중국인 통역의 귀엣말을 전해들은 리홍룽, 실내가 떠나가라 웃어재꼈다.

"그대……."

칼날처럼 웃음을 끊어낸 리홍룽이 길모를 윽박지르기 시작했다.

"내가 가짜라면 그 증거를 대보라."

수경의 통역을 들은 길모는 리훙룽을 노려보았다.

"사람은 물건이 아닙니다. 가짜면 가짜인 것이지 증거가 왜 필요하단 말입니까? 하지만 이곳은 리훙룽 당 서기님의 집. 그분의 고아한 인품을 고려해 한마디는 해드리지요."

"......!"

길모가 잠시 말을 끊자 장내는 짜릿한 침묵에 휩싸였다. 모든 눈동자는 길모에게 꽂혔다. 심지어는 숨 쉬는 소리조차 들리지 않았다.

"적어도 일국의 지도층으로 회자되는 사람이라면 그만한 천귀나 귀격이 있는 게 마땅한데 당신에게는 천한 닭상밖에는 엿보이지 않습니다. 보아하니 엊그제까지만 해도 밥 동냥이나 하던 사람이 분명합니다."

"......!"

길모가 추상처럼 대답하자 최 회장은 의식이 몽롱해졌다.

하남성의 정무를 좌지우지하는 리훙룽. 더구나 그는 중국 대륙을 통 털어서도 쌩쌩한 8대 원로 집안의 태자당 출신으로 정치국 상무위원을 노리는 사람. 그 막강한 사람의 집에서 난장을 친다는 건 핵폭탄에 버금가는 큰 충격이었다. 한마디로 산통이 와장창 깨지는 일이었다.

"홍 부장......"

혼이 나간 최 회장은 사색이 된 채 중얼거렸다. 기업의 사활을 건 중국 진출. 그걸 이루기 위해 동원한 관상대가. 그러나 악수(惡手)가 되고 말았다. 지상 최대의 악수.

"으……."

최 회장은 다리가 후들거리는 걸 느꼈다. 이 악수는 하남성에 국한될 것이 아니었다. 8대 원로들은 이해관계에 따라 이합집 산을 하는 막후의 실력자들. 그러니 이런 지상 최대의 결례가 다른 성씨의 원로들 귀에 들어간다면, 중국 사업은 완전히 접어 야 할 판이었다.

그때였다.

주렴 너머로 간결한 박수 소리가 들려왔다.

짝짝짝!

최 회장은 주렴 쪽으로 시선을 돌렸다. 안내인은 공손한 자세 로 주렴을 걷었다. 그러자 경극의 가면을 쓴 남자가 들어섰다. 가면은 빨간색이었다.

"리 대인!"

길모는 보았다. 리훙룽이 탈을 쓴 남자에게 허리를 조아리는 걸. 그 사람만이 아니었다. 중국 통역과 안내인, 길모를 막아섰 던 경호원들 역시 남자에게 고개를 숙였다.

"최 회장님, 이분이 바로 리훙룽 당 서기님이십니다."

중국 통역이 또렷하게 말했다. 그와 동시에 가짜 리훙룽은 진 짜 리훙룽에게 허리를 조아리고 퇴장했다.

"그럼 홍 부장이……."

최 회장의 시선이 길모에게 향했다. 길모는 여전히 문 쪽에 버티고 선 채 움직이지 않았다. 이번에도 또 가짜일까?

그건 아니었다. 길모는 알 것 같았다. 비록 탈을 썼지만 그의 걸음과 체형에는 귀격이 서려 있었다. 이제야 진짜 리홍룽이 등장한 것이다.

"결례가 많았습니다. 용서하십시오!"

진짜 리홍룽은 느긋하게 입을 열었다. 목소리에도 귀격이 엿보였다.

"나는 이 만남을 기꺼워하지 않았습니다. 이 또한 결국 비즈니스가 될 것이니 개인적인 만남은 다른 기업들에게 공평한 처사가 아니라고 생각했지요."

"……."

최 회장이 긴장하는 게 보였다. 느닷없는 충격을 맛본 최 회장. 그러나 아직은 산 너머 산이었다.

"하지만 내 아랫사람들이 내가 관상학에 심취한 걸 알고 좀 질러간 모양입니다. 그래서 기왕지사 잡은 일정이라기에 비슷한 사람을 앉혀놓고 차나 대접하여 돌려보내라고 했지요."

"……."

"그런데 저리 젊은 관상가가 가짜를 알아보다니… 그 신묘함에 놀라 늦게나마 인사를 드리게 되었습니다."

통역을 들은 최 회장의 얼굴이 조금씩 펴졌다.

"그래, 이름이 무엇이시라고?"

리홍룽이 다시 물었다.

"홍길모입니다!"

길모, 이번에는 그냥 한국말로 답했다.

"대단했소이다. 홍 대인!"

치하하는 리훙룽. 길모는 대답 대신 가벼운 묵례로 대신했다.

"아까 말씀드린 대로 이 만남은 크게 신경 쓰지 않았기에 후원에서 경극 관람을 가려고 준비하고 있었습니다. 곧 극을 올릴 시간이라 여유가 별로 없지만 한국 관상을 감상할 기회를 주시겠습니까?"

"기꺼이!"

"트시게!"

길모가 답하자 리훙룽이 안내인을 바라보았다.

'틀어?'

길모의 미간이 살짝 구겨졌다. 뭘 튼단 말인가?

저벅저벅!

안내인의 발소리와 함께 긴장감이 살짝 올라갔다. 안내인이 벽의 커튼을 밀자 대형 텔레비전이 드러났다.

'삼성……'

메이드 인 코리아. 뭘 하려는 건지는 모르지만 기분은 좋았다. 하지만 오래가지 않았다. 화면에 불이 들어오면서 경극 공연이 나온 것이다.

경극!

길모와 최 회장, 이수경은 또 한 번 긴장감에 휩싸였다. 무대 앞에 도열한 경극 배우들은 10여 명이었다. 화면은 거기서 멈췄다.

그들은 리훙룽처럼 경극 탈을 쓰고 있었다. 분장과 복장 또한 화려하기 그지없었다.

"미안하지만 저들 중에 내 사촌이 하나 있습니다. 지금 다들 뒤섞여 나도 찾기가 힘든데 혹시 홍 대인은 찾을 수 있겠습니까?"

이수경이 통역하는 사이에 최 회장의 한숨소리가 뒤따랐다.

열 명! 경극 배우들! 더구나 화면 속!

옷조차 헐렁하여 여자인지 남자인지조차 분간이 안 가는 상황이었다. 그런데 남녀 구분도 아니고 리훙룽의 사촌을 찾아내라니?

"……!"

황당했다. 정보는 아무것도 없었다. 그저 사촌이라는 단서 하나밖에는.

화면 속의 배우들은 무심하게 극을 시작했다. 절제된 움직임은 화려함 속에서도 눈길을 끌었다.

"후우!"

한숨과 함께 이수경이 먼저 고개를 떨구었다. 천하의 최 회장도 눈덩이가 파르르 떨었다. 이건 누가 봐도 맞출 수 없는 일이었다. 혹시 찍어서 맞춘다고 해도 확률은 10% 선. 그러니 운조차 기대할 게 못되었다.

"어렵습니까?"

"……."

"하긴 쉽지는 않겠지요. 이 일 또한 우리가 너무 질러간 모양이군요. 홍 대인이 아직 어리고 문제 또한 어려우니 두고두고 생각해 보셔도 될 것 같습니다. 그럼 나는 이만……."

리홍룽이 막 자리에서 일어서려 할 때였다. 길모가 화면을 향해 걸음을 떼었다.

"아까 첫 화면으로 감아주십시오."

길모가 돌아보았다. 안내인은 화면을 돌려 배우들이 무대에 도열한 화면에서 그림을 멈췄다.

"이 사람이 서기님의 사촌입니다!"

길모, 두 번째 선 배우를 가리키며 리홍룽을 바라보았다. 그 눈은 확신에 차 있었다.

"……."

"……."

리홍룽과 길모의 눈이 허공에서 마주쳤다. 그래도 길모는 터럭 하나 흔들리지 않았다.

짝짝짝!

이번에도 간결한 세 번의 박수가 나왔다. 리홍룽의 손에서!

"하하하핫!"

그리고 떠나갈 듯 호방한 웃음이 이어졌다.

"대단합니다. 홍 대인. 진짜 대단해요!"

리홍룽은 자리를 털고 일어나더니 길모에게 다가와 악수를 청했다. 길모가 천천히 손을 내밀자, 리홍룽은 그 손을 힘차게 잡았다.

"이제 가면을 벗는 게 도리겠지요?"

리홍룽이 물었다.

"편하시다면 계속 쓰셔도 괜찮습니다."

"아닙니다. 한 번 더 결례의 용서를 구합니다."

리홍룽은 그제야 가면을 벗었다. 안내인이 다가와 사진 한 장을 내밀었다. 길모가 선택한 배우의 생얼이었다. 과연 리홍룽의 얼굴과 분위기가 닮아 있었다.

'후우우!'

최 회장은 지옥에서 돌아온 듯 안도의 숨을 몰아쉬었다.

"이제 경극을 보러갈 시간이라… 딱 한마디만 묻겠습니다. 관상이란 본시 얼굴을 보는 것인데 가면 속, 더구나 화면 속의 얼굴까지 알아보는 재주는 무엇입니까?"

"얼굴은 천, 인, 지로 나뉘어 있습니다만 천인지를 이루는 얼굴은 또한 뼈의 골상과 걸음의 보상으로 이어집니다. 하지만 배우들의 체형이 헐렁한 의상으로 가려진 터라 없는 재주나마 보상을 통해 골상을 유추하고 그 유추로써 관상을 짐작하였습니다."

"오오!"

리홍룽의 입에서 감탄이 새어 나왔다.

그건 사실이었다. 길모는 리홍룽이 가면을 쓰고 등장할 때부터 심상치 않은 느낌을 가졌다. 이미 가짜를 내세운 그가 아니던가? 화면 속의 배우들이 등장할 때도 마찬가지였다. 그래서 혹시나 싶어 그들의 걸음걸이를 주목하고 있었던 것이다.

"혹시 경극 좋아하시나요?"

리홍룽이 길모에게 물었다.

"잘 모르지만 배우들을 보니 호기심이 생겼습니다."

길모가 대답했다.

"보아라. 이분들 일행에게 특석을 마련해 드리고 내일 다시 약속을 잡도록 하라. 내일은 정식으로 이분들과 관상에 대해 이야기를 나눌 것이다."

리훙룽의 지시가 끝나자 최 회장이 길모를 바라보았다. 이제 그는 활짝 핀 얼굴이었다.

"홍 부장……."

"걱정 많이 하셨죠?"

"이를 말인가? 내가 진짜 십 년은 감수했네. 사람… 귀띔이라도 좀 해줄 것이지……."

"처음에는 저도 제 판단을 믿지 못했습니다."

"그럼 어떻게?"

"난득호도……."

"난득호도? 명쾌하게 결말을 내지 않고 일시적으로 감추거나 흐지부지 덮어 버린다는 말 말인가?"

"예. 중국 극상 지도층들은 애매모호한 성향이 강하다더군요. 그 생각을 하다 보니 한국에서 온 관상가를 덜컥 만나주는 것에 물음표가 생겼습니다."

"그 말… 어디서 들은 건가? 나도 듣지 못한 정보인데?"

"제가 준비하는 과정에서……."

"허어, 이거 홍 부장이 그저 관상만 잘 보는 사람이 아니었군."

최 회장과의 대화는 그것으로 끊겼다. 안내인이 다가와 리훙룽이 기다린다는 말을 전해왔기 때문이었다. 길모와 최 회장은 서둘러 차에 올랐다. 물론 이번에는 장호까지 함께였다.

'혜수…….'

차가 저택을 나올 때 길모는 혜수를 떠올렸다. 사소하지만 키워드가 되어준 정보가 무척이나 고마웠다.

난득호도!

"와하하핫!"

경극 관람을 마치고 식당으로 자리를 옮긴 최 회장이 허리를 잡고 웃었다. 길모는 빙그레 미소를 머금은 채 바라만 보았다. 옆에는 혜수와 장호, 그리고 중국 본부장에 이어 이수경이 자리를 하고 있었다.

중국 개척팀에 더한 건 혜수였다. 난득호도의 이야기를 들은 최 회장이 혜수를 불러달라고 한 것이다.

"인생은 이래서 살 만하다니까. 내가 이 나이에 이렇게 드라마틱한 순간을 겪을 줄은 상상도 못 했으니까."

최 회장이 술잔을 들었다. 길모 역시 잔을 들어 보였다.

"대단했네. 홍 부장. 내 솔직히 전에는 관상을 하나의 흥미로 치부하고 있었는데 자네가 그 관념을 송두리째 깨버렸어. 이래서 인간은 고정관념을 가지면 안 된다니까."

"과찬이십니다."

"아니야. 오늘 새삼 느낀 일이지만 인간은 과학으로만은 살 수 없네. 물론 과학이 필요하기는 하지만 사람의 삶은 과학으로는 가늠할 수 없는 무엇이 있단 말이지. 안 그런가?"

"예⋯⋯."

"저도 감탄했습니다. 용한 점쟁이가 있다는 말이야 여러 번 들었지만 어떻게 그렇게까지⋯⋯."

최 회장의 말을 전해들은 본부장 역시 혀를 내둘렀다.

"물론 내 심장하고 콩팥이 아주 쪼그라들 정도로 쫄깃해지긴 했었지. 솔직히 아까 홍 부장이 테이블을 쳤을 때는 다 끝났다고 생각했다네."

"⋯⋯."

"그래. 그 사람이 가짜라는 건 어떻게 알게 된 건가?"

"처음부터 알았습니다."

"처음부터?"

최 회장과 본부장이 동시에 말했다.

"그나마 다행인 건 그가 배우가 아니라는 사실이었습니다. 만약 얼굴이 닮은 전문 배우를 데려다 두었다면⋯⋯."

맞출 수 없을지도 몰랐다. 상대는 중국의 거물 정치가. 그러니 가짜의 연기가 완벽했다면 길모도 조심스러울 수밖에 없을 일이었다.

"그리고 혜수라고?"

들뜬 최 회장의 시선이 혜수에게 건너갔다.

"네, 회장님!"

"홍 부장에게 얘기 들었네. 긴요한 자료로 도움을 주었다고."

"홍 부장님은 저희 팀 리더입니다. 돕는 건 당연한 일인데 작으나 보탬이 되었다니 보람을 느낍니다."

혜수가 답했다. 이럴 때의 그녀는 텐프로의 에이스가 아니라 글로벌 기업의 실무자 느낌이 들었다.

"그 자료는 나도 보았네."

"네?"

"내가 홍 부장 걸 카피했네만 원작자가 자네이니 수락도 받을 겸 해서 불렀다네."

"수락까지야……."

"그래. 이 자료는 어디서 구했나?"

"그건 중국 대사를 마친 분들의 회고록에서… 중국 대사라면 중국의 최고위층 정치인들을 많이 만났을 테고 그 경험담이야 말로 신뢰도가 높은 것 아니겠습니까? 따라서 하남성 당 서기의 처신을 파악하는데 도움이 될 것으로 생각했습니다."

"우리는 왜 이런 자료를 준비하지 못했나?"

최 회장의 시선이 본부장을 닦아세웠다.

"죄송합니다."

"경제지표, 경쟁사들의 전략, 하남성의 입지 조건, 다 중요하지. 하지만 우리 보고서에 없는 알짜가 여기에는 있었네. 중국 지도자는 명쾌하게 말하지 않는다. 뭔가 얻으려면 실리를 줘라. 술이나 선물이 아니라!"

"……"

본부장은 최 회장 앞에서 고개를 숙였다.

"아무튼 내가 대운이 있는 건 맞는 것 같군. 홍 부장 같은 사람을 만났으니 말이야."

최 회장의 시선이 다시 길모를 향했다.

"아직 이루어진 건 아무것도 없습니다.

길모는 담담하게 말했다.

리훙룽!

길모의 관상 실력에 호감을 가졌다지만 그래봤자 내일 만나 주겠다는 약속을 받아낸 것뿐이었다.

"알고 있네. 어쨌든 지옥에서 생환했으니 이러는 것일세."

"예……."

"아무튼 리허설 한 번 거창하게 치렀군. 안 그런가?"

"예."

"내일도 부탁하네."

최 회장은 비장한 시선으로 길모에게 말했다.

호텔로 돌아온 길모는 의자에 앉아 생각에 잠겼다. 그런 길모를 방해하지 않으려는 듯 장호는 쥐 죽은 듯 침대에 누워 있다.

길모는 테이블에 놓인 서류를 뒤적거렸다.

첫 번째 테스트를 통과했다.

그러나 남은 시간 또한 결국 테스트의 연장일 뿐이다. 무엇이든 리훙룽이 궁금해하는 것을 맞춰내야 한다.

더불어 심리!

그 또한 길모가 주어야 했다.

중국의 정치가들은 공산당 중앙상무위원 25인에 뽑히는 게

로망. 리훙룽도 마찬가지일 것이다. 그는 태자당 출신으로 자그마치 에인션트 드래곤의 후계자인 해츨링. 당연히 드래곤의 길을 걷고 싶을 일이었다.

구년면벽(九年面壁). 혼혼형해(混混形骸).

일속회광(一粟回光). 강비세계(糠秕世界).

길모의 머리에 달마상법의 서문이 스쳐 갔다.

9년 면벽에 혼돈스러운 육신이 좁쌀만 한 빛 한 줄기를 품고 보니 세상은 빈 껍질이라.

길모의 눈에는 오직 한 글귀가 들어왔다.

일속회광, 즉 좁쌀만 한 빛 한 줄기!

최 회장은 그 빛 한 줄기를 잡기 위해 중국에 왔다. 리훙룽도 그럴 것 같았다. 그도 공산당 중앙상무위원 25인 중의 한 사람이 되려면 빛 한 줄기가 필요했다.

우연일까?

그 순간, 창을 타고 들어온 빛 한 줄기가 길모의 오른쪽 눈에 닿았다. 길모는 푸른 안광을 번득이며 전화기의 화면을 눌렀다.

"최 회장님!"

『관상왕의 1번 룸』 6권에 계속…

초대형 24시 만화방

신간 100%, 샤워실, 흡연실, 수면실(침대석), 커플석, 세탁기 완비

■ 일산 정발산역점 ■

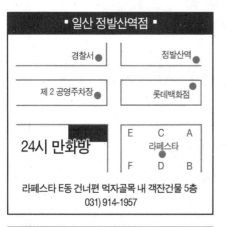

라페스타 E동 건너편 먹자골목 내 객잔건물 5층
031) 914-1957

■ 강북 노원역점 ■

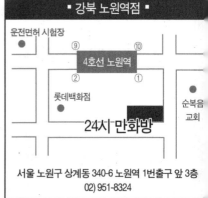

서울 노원구 상계동 340-6 노원역 1번출구 앞 3층
02) 951-8324

■ 부천 역곡역점 ■

역곡남부역 기업은행 건물 3층
032) 665-5525

■ 부평역점 ■

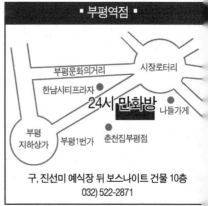

구, 진선미 예식장 뒤 보스나이트 건물 10층
032) 522-2871

가프 장편 소설

관상왕의
1번룸

FUSION FANTASTIC STORY

거대한 도시의 그늘에서 벌어지는
짜릿하고 통쾌한 이야기!

『관상왕의 1번룸』

텐프로의 진상 처리 담당, 홍 부장.
절망적인 삶의 끝에서 만난 남국의 바다는
그를 새로운 인생으로 인도하는데…….

쾌락을 원하는 거부, 성공에 목마른 사업가,
그리고 실패로 절망한 사람들이여.

여기, 관상왕의 1번룸으로 오라!

Book Publishing CHUNGEORAM

유행이 아닌 자유추구 -
WWW.chungeoram.com

현대 소환술사

THE MODERN SUMMONER

FUSION FANTASTIC STORY

현윤 퓨전 판타지 소설

하늘이 무너져도 솟아날 구멍은 있다!

드래곤의 실험으로 모진 고난을 겪어야 했던 레비로스!
우여곡절 끝에 소환술사가 되어 최강의 자리에 오르지만
운명은 그를 나락으로 떨어뜨린다.

『현대 소환술사』

다시 한 번 주어진 삶!
그러나 그마저도 암울하기 그지없는데……

소환술사 레비로스의
인생 역전이 시작된다!

Book Publishing CHUNGEORAM